“

आचार्य जी ने बौद्ध, मुग़ल, राजपूतकालों का विशेष अध्ययन किया है और फलस्वरूप अनेक सुन्दर कहानियों की सृष्टि की है। इसके अतिरिक्त उनकी सामाजिक, राजनैतिक, भावात्मक, मनोवैज्ञानिक और समस्या कहानियाँ भी अनूठी बन पड़ी हैं। रजवाड़ों के जीवन को आचार्य जी ने बहुत पास से देखा है और उससे सम्बन्धित कई कलापूर्ण कहानियों की रचना की है। यह संकलन जहाँ आचार्य जी की विविध रस-रूपों से समन्वित कहानियों का आस्वादन कराता है वहाँ एक प्रौढ़ लेखक की निजी और मनपसन्द कहानियाँ होने के कारण पाठक और आलोचक के लिए महत्त्वपूर्ण भी है।

”

मेरी प्रिय कहानियाँ

आचार्य चतुरसेन

ISBN : 9789350640524

MERI PRIYA KAHANIYAN (Stories)
by Acharya Chatursen

राजपाल एण्ड सन्ज़

1590, मदरसा रोड, कश्मीरी गेट-दिल्ली-110006
फोन: 011-23869812, 23865483, फैक्स: 011-23867791
website : www.rajpalpublishing.com
e-mail : sales@rajpalpublishing.com

क्रम

अम्बपालिका

अम्बपालिका कहानी आचार्य ने सन् 1928 में लिखी थी। हिन्दी में अम्बपालिका से सम्बन्धित यह सर्वप्रथम ही कहानी है। इसके बाद अम्बपालिका को लेकर अनेक कहानियाँ और उपन्यास भी लिखे गए तथा आचार्य ने आगे इसी आधार पर अपनी अमर रचना 'वैशाली की नगरवधू' लिखी। जिस समय यह कहानी लिखी गई थी उस समय लेखक की दृष्टि में कथा का आधार बहुत अस्पष्ट था। उसका बाद में जो परिष्कार हुआ वह तो नगरवधू में व्यक्त है। परन्तु यह कहानी बिना संशोधन किए वैसी की वैसी ही दी जा रही है। इसमें लेखक के भीतर का उदीयमान साहित्यकार झाँक रहा है।

मुजफ़्फ़रपुर से पश्चिम की ओर जो पक्की सड़क जाती है, उस पर मुजफ़्फ़रपुर से लगभग 18-20 मील पर 'बैसोढ़' नामक एक बिलकुल छोटा-सा गाँव है, जिसमें 30-40 घर भूमिहार ब्राह्मणों के और कुछ क्षत्रियों के बच रहे हैं। इस गाँव के चारों ओर कोसों तक खण्डहर, टीले और पुरानी टूटी-फूटी मूर्तियाँ ढेर-की-ढेर मिलती हैं, जो इस बात की स्मृति दिलाती हैं कि यहाँ कभी कोई बड़ा भारी समृद्धिशाली नगर बसा रहा होगा।

वास्तव में ढाई हज़ार वर्ष पूर्व यहाँ एक विशाल नगर बसा था, जिसका नाम वैशाली था, और जो प्रबल प्रतापी लिच्छवि-गणतन्त्र के शासन में था।

वैशाली लिच्छवि-गणतन्त्र की एक प्रधान नगरी और रियासत थी। नगर व्यापारियों, जौहरियों, शिल्पकारों और भिन्न-भिन्न प्रकार के देश-विदेश के यात्रियों से परिपूर्ण था। 'श्रेष्ठि-चत्वर' नगर का प्रधान बाज़ार था, जहाँ जौहरियों और बड़े-बड़े व्यापारियों की कोठियाँ थीं और जिनकी व्यापारिक शाखाएँ समस्त उत्तर

भारत में फैली हुई थीं। दुकानदार स्वच्छ परिधान धारण किए, पान कुचरते, हँस-हँसकर ग्राहकों से बातें करते। जौहरी पन्ना, लाल, मूँगा, मोती, पुखराज, हीरा और अन्य रत्नों की परीक्षा तथा लेन-देन में व्यस्त रहते थे। निपुण कारीगर अनगढ़ रत्नों को सान चढ़ाते, स्वर्ण-आभरणों में रंगीन रत्न जड़ते और मोती गूँथते थे। गन्धी लोग केसर के थैले हिलाते थे। चन्दन के तेलों में भिन्न-भिन्न सुगन्ध मिलाकर इत्र बनाए जाते और नागरिक उनका खुला उपयोग करते थे। रेशम और बहुमूल्य महीन मलमल के व्यापारियों की दुकानों पर बग़दाद और फ़ारस के व्यापारी लम्बे-लम्बे लबादे पहने, भीड़-की-भीड़ पड़े रहते थे। नगर की गलियाँ संकरी और तंग थीं और उनमें गगनचुम्बी अट्टालिकाएँ खड़ी थीं, जिनके अंधेरे तहख़ानों में इन धन-कुबेरों का बड़ा भारी कोष और द्रव्य रखा रहता था।

संध्या-समय सुन्दर श्वेत बैलों के रथों पर, जिन पर बढ़िया सुनहरा काम हुआ रहता था, नागरिक सैर करने राजपथ पर निकलते थे। इधर-उधर हाथी झूमते हुए बढ़ा करते थे और उन पर उनके अधिपति रत्नाभरणों से सज्जित अपने दासों तथा शरीर-रक्षकों से घिरे हुए चला करते थे।

अभी दिन निकलने में देरी थी। पूर्व की ओर प्रकाश की आभा दिखाई पड़ रही थी, पर मार्ग में अँधेरा था। राजमहल के तोरण पर अभी तक प्रकाश जल रहा था। चारों ओर प्रतिहार पड़े सो रहे थे। उनमें से केवल एक भाला टेककर खड़ा नींद में झूम रहा था। तोरण के इधर-उधर कई कुत्ते पड़े सो रहे थे।

धीरे-धीरे दिन का प्रकाश फैलने लगा। राजवर्गी इधर-से-उधर आने-जाने लगे। प्रतिहाररक्षी सेना का एक नवीन दल तोरण पर आ पहुँचा। उनमें से एक दण्डधर ने आगे बढ़कर भाले के सहारे खड़े-खड़े ऊँघते मनुष्य को पुकार कर कहा—महानामन! सावधान होओ और घर जाकर विश्राम करो। महानामन ने सजग होकर अपने दीर्घकाय का और भी विस्तार करके एक ज़ोर की अंगड़ाई ली और यह कहकर कि—तुम्हारा कल्याण हो, वह अपना भाला धरती पर टेकता हुआ तीसरे तोरण की ओर बढ़ गया। पश्चिम की ओर पुराना प्रासाद और राजमहल का उपवन था, जिसकी देख-रेख महानामन के सुपुर्द थी। यहीं उसकी छोटी-सी कुटिया थी, जहाँ वह अपनी प्रौढ़ा पत्नी के साथ 17 वर्ष से एकरस—आँधी-पानी, सर्दी-गर्मी में रहता था।

वह नींद में झूमता हुआ ऊँघ रहा था। अब भी प्रभात का प्रकाश धुँधला था। उसने अपनी कुटी के पास एक कदली वृक्ष के नीचे, आम्रकुँज में एक श्वेत वस्तु पड़ी रहने का भान किया। निकट जाकर देखा, एक नवजात शिशु स्वच्छ

वस्त्रों में लिपटा अपना अँगूठा चूस रहा है। आश्चर्यचकित होकर महानामन ने शिशु को उठा लिया। देखा, कन्या है। उसने अपनी स्त्री को पुकारकर उसे वह कन्या देकर कहा—देखो, आज इस प्रकार अपने जीवन की पुरानी साध मिटी।

वह कन्या—उस दरिद्र लिच्छवि महानामन के उस दरिद्रावास में शशिकला की भाँति बढ़ने लगी। उसका नाम रक्खा गया अम्बपालिका।

वैशाली से उत्तर-पश्चिम 25 कोस पर एक छोटे-से गाँव में, एक किनारे पर एक साधारण घर था। उसके द्वार पर एक वृद्ध प्रात-काल बैठा दातुन कर रहा था। पूर्व के द्वार पर पैर की आहट सुनकर उसने पीछे को देखा, एक चम्पक पुष्प की कली के समान, एकादशवर्षिया, अति सुन्दरी बालिका, जिसके घुँघराले बाल लहलहा रहे थे, दौड़ती-दौड़ती बाहर आई और वृद्ध को देख उससे लिपटने को लपकी पर पैर फिसलने से गिर गई। वह गिरकर रोने लगी। वृद्ध ने दातुन फेंक, दौड़कर बालिका को उठाया, उसकी धूल झाड़ी, बालिका ने रोना रोककर कहा—बाबा, घर में आटा बिल्कुल नहीं है, हम लोग क्या खाएँगे? वृद्ध ने उसे गोद में उठाते हुए कहा—कुछ चिन्ता नहीं, मैं अभी गेहूं पिसवाने की व्यवस्था करता हूँ। बालिका ने कहा—गेहूँ का भी तो एक दाना नहीं है। वृद्ध क्षणभर अवाक् रहा। उसने कहा—तब ठहर, मैं अभी शिकार मारकर लाता हूँ। बालिका ने रोककर कहा—नहीं, नहीं, मैं पक्षी का मांस नहीं खाऊँगी।

वृद्ध महानामन लिच्छवि था और कन्या थी अम्बपालिका। वृद्ध की पत्नी का स्वर्गवास हुए 8 साल व्यतीत हो गए थे। उसके बाद कन्या की परिचर्या में बाधा पड़ती देख, महानामन ने राज-सेवा छोड़कर अपने ग्राम में आकर बालिका की सेवा-सुश्रुषा अबाध रूप से करने का निश्चय कर लिया था। वह गत आठ वर्षों से इसी गाँव में रहता था। अम्बपालिका को उसने इस तरह पाला जैसे पक्षी चुग्गा दे-देकर अपने शिशु पक्षी को पालता है। परन्तु खेद है, धीरे-धीरे उसकी छोटी-सी कमाई की क्षुद्र पूँजी यत्न से खर्च करने पर भी समाप्त हो ही गई। और फिर धीरे-धीरे पत्नी के स्मृति-रूप दो-चार क्षुद्र आभूषण भी उदर-गुहा में पहुँच चुके। अब आज क्या किया जाए? अब तो आटा भी नहीं, एक दाना गेहूँ भी नहीं। वृद्ध की प्राणों की पुतली इस प्रश्न पर चिन्तित हो रही है। यह और भी कष्ट का प्रश्न था। पर वृद्ध ने हँसकर कहा—अच्छा, अच्छा, मैं अभी गेहूँ लिए आता हूँ। इतना कहकर वृद्ध ने बालिका के तड़ातड़ 3-4 चुंबन लिए और

उसे गोद से उतारते-उतारते दो बूँद आँसू गिरा दिए। बालिका भीतर गई और वृद्ध चिन्तामग्न बैठ गया। अन्ततः उसने एक बार फिर महाराज की सेवा में उपस्थित होकर पुरानी नौकरी की याचना करने का निश्चय किया। उसके बाहु का पौरुष तो थक चुका था। परन्तु क्या किया जाए, कन्या का विचार सर्वोपरि था। फिर भी वृद्ध के अति गम्भीर होने का यही मात्र कारण न था। लाख वृद्ध होने पर भी उसकी भुजा में बल था, बहुत था। पर उसकी चिन्ता थी : बालिका का अप्रतिम सौन्दर्य। सहस्राधिक बालिकाएँ भी क्या उस पारिजात-कुसुम-तुल्य कुन्दकलिका के समान थीं? किस पुष्प में उतनी गंध, कोमलता और सौंदर्य था? उसे भय था कि राज-नियमानुसार वह विवाह से वंचित करके कहीं नगर-वेश्या न बना दी जाए; क्योंकि लिच्छवि-गणतंत्र में यह कानून था कि राज्य की जो कन्या अत्यधिक सुन्दरी होती थी, उसे किसी एक पुरुष की पत्नी न होने दिया जाकर नागरिकों के लिए सुरक्षित रखा जाया करता था। वास्तव में इसी भय से महानामन राजधानी छोड़कर भागा था, जिससे किसी की दृष्टि उस बालिका पर न पड़े। पर अब उपाय न था। महानामन ने राजधानी में एक बार जाने का निश्चय किया।

वैशाली की ओर जानेवाली सड़क पर वर्षा के कारण बड़ी कीचड़ हो रही थी। कहीं-कहीं तो नालों का पानी कच्ची सड़क को तोड़कर सड़क पर नदी की तरह बह रहा था। अभी वर्षा हो चुकी थी। वृद्ध और उसकी पुत्री दोनों भीग गए थे, पर धीरे-धीरे बढ़े चले जा रहे थे। हवा बंद थी, गर्मी बढ़ गई थी और दूरस्थ पर्वतों की चोटियों में अस्त होते हुए सूर्य को देख-देखकर वृद्ध डर रहा था। निकट किसी बस्ती के चिह्न न थे। यदि कहीं चौपट में अँधेरा हो गया तो कहाँ रात कटेगी, बच्ची खाएगी क्या, यही वृद्ध के भय का कारण था। वह लाठी टेकता-टेकता धीरे-धीरे आगे बढ़ रहा था। वह स्वयं थक गया था और बालिका तो क्षण-क्षण में विश्राम की इच्छा प्रकट कर रही थी। बालिका ने कहा—पिता! अब मैं और नहीं चल सकती, मेरे पैरों में देखो, लहू बह रहा है, वे फट गए हैं। वृद्ध ने स्नेह से उसे चुमकारकर कहा—अब, थोड़ी दूर और; निकट ही कहीं गाँव या बस्ती मिलने पर ठहरने में सुभीता रहेगा। पर बालिका और कुछ पग चलकर मार्ग में ही एक ऊँची जगह पर बैठ गई। वृद्ध भी निरुपाय हो, पास ही बैठ गया। अँधकार ने चारों ओर से उन्हें घेर लिया।

सहसा बालिका ने चौंककर कहा—पिताजी, देखो, घोड़ों की टाप का शब्द सुनाई दे रहा है। बुड्ढे ने उठकर दूर तक दृष्टि करके देखा। सड़क के निकट

एक घना सेमल का वृक्ष था, जिसके नीचे घोर अँधकार था। वृद्ध कन्या का हाथ पकड़, वहीं जा छिपा। आकाश में अब भी बादल घिर रहे थे और फिर ज़ोर की वर्षा होने के रंग-ढंग दीख पड़ते थे। बीच-बीच में बिजली भी चमक जाती। थोड़ी देर बाद बहुत-से सवार वहाँ तक आ पहुँचे। वर्षा भी शुरू हो गई। सवारों ने निश्चय किया कि उस वृक्ष के नीचे आश्रय लें।

वृद्ध भय से बालिका को छाती में छिपाए वृक्ष की जड़ से चिपककर बैठ गया। सहसा बिजली की चमक में अश्वारोहियों ने वृक्ष के निकट मनुष्य-मूर्ति को देखकर कहा—अरे! वृक्ष के निकट यह कौन है? वृद्ध वहाँ से हटकर चुपचाप खेत में जाने लगा। तत्क्षण एक बर्छा आकर उसकी छाती को विदीर्ण कर गया। वृद्ध एक चीत्कार करके धरती पर गिर गया। बालिका ज़ोर से चिल्ला उठी।

अश्वारोही दल ने निकट जाकर देखा—मृत पुरुष वृद्ध और निस्स्त्र है। पर कन्या को देखते ही बर्छा फेंकने वाले सवार ने कहा—वाह! बूढ़े को मारकर रत्न मिला। इसमें किसी का साझा नहीं है?

बालिका भय और शोक से चिल्ला उठी। अश्वारोही ने उसकी परवा न कर उसे घोड़े पर रख लिया और वे आगे बढ़े।

वैभवशालिनी वैशाली का जो 'श्रेष्ठि-चत्वर' नामक बाज़ार था उसके उत्तर कोण पर एक विशाल प्रासाद, जिसके गुम्बजों का प्रकाश रात्रि को गंगा पार से भी दीखता था। बाहर का सिंहद्वार विशाल पत्थरों का बनाया गया था, जिसे उठाना और जोड़ना दैत्यों का ही काम हो सकता था। इन पत्थरों पर स्थापत्य कला और शिल्प की सूक्ष्म बुद्धि खर्च की गई थी। ड्योढ़ी पर गहरा हरा रंग किया हुआ था और ऊँचे महराबदार फाटक पर फूलों की गुँथी हुई सुन्दर मालाएँ लटक रही थीं। पहले आँगन में प्रवेश करने पर श्वेत अट्टालिकाओं की पंक्ति दीख पड़ती थी। उनकी दीवारों पर काँच की तरह चमकदार श्वेत पलस्तर किया गया था। सीढ़ियों पर भिन्न-भिन्न प्रकार के खुदरंग बहुमूल्य पत्थर लगे थे, और खिड़कियों में बिल्लौर के किवाड़ थे, जिनमें श्रेष्ठि-चत्वर की बहार बैठे-ही-बैठे दीख पड़ती थी। दूसरे आँगन में गाड़ी, बैल, घोड़े, हाथी बँधे थे और महावत उन्हें चावल-घी खिला रहे थे। तीसरे आँगन में अतिथिशाला तथा आगत जनों के ठहरने का प्रबंध था। यहाँ बहुत सुन्दर विशाल पत्थरों के खम्भों पर मेहराब खड़े हुए थे। चौथे आँगन में नाट्यशाला और गायनभवन था। पाँचवे आँगन में भिन्न-भिन्न प्रकार के शिल्पकार और जौहरी लोग नाना प्रकार के आभूषण बना और रत्नों को घिस रहे थे। छठे आँगन में भिन्न-भिन्न देश के पशु-पक्षियों का

अद्भुत संग्रह था। सातवाँ आँगन बिल्कुल श्वेत पत्थर का बना था, और उसमें सुनहरा काम हो रहा था। इसमें दो भीमकाय सिंह स्वर्ण की मेखलाओं से दृढ़तापूर्वक बँधे थे और चाँदी के पात्रों में पानी भरा उनके निकट धरा था। गृहस्वामिनी अम्बपालिका इसी कक्ष में विराजती थी।

संध्या हो गई थी। परिचारक और परिचारिकाएँ दौड़-धूप कर रही थीं, कोई सुगंधित जल आँगन में छिड़क रही थी, कोई धूप जलाकर भवन को सुवासित कर रही थी, कोई सहस्र दीप-गुच्छ में सुगन्धित तेल डालकर प्रकाशित करने में व्यस्त थी। बहुत-से माली तोरण और अलिन्द पर ताज़े पुष्पों के गुलदस्ते और मालाओं को सजा रहे थे। अलिन्द में दंडधर अपने-अपने स्थानों पर भाला टेक स्थिर भाव से खड़े थे। द्वारपाल तोरण पार अपने द्वार-रक्षक दल के साथ सशस्त्र उपस्थित था।

क्षणभर बाद प्रासाद भाँति-भाँति के रंगीन प्रकाशों से जगमगा उठा। भाँति-भाँति के रंगीन फव्वारे चलने लगे और उन पर प्रकाश का प्रतिबिम्ब इन्द्रधनुष की बहार दिखाने लगा। धीरे-धीरे प्रतिष्ठित नागरिक कोई पालकी में, कोई रथ पर और कोई हाथी पर चढ़कर प्रथम तोरण पार कर आने लगे। परिचारकगण दौड़-दौड़कर अतिथियों को सादर उतारकर भीतरी अलिन्द में पहुँचाने तथा उनकी सवारियों की व्यवस्था करने लगे। हाथी-घोड़े, रथ, पालकी आदि वाहनों का ताँता लग गया। उनकी भीड़ से बाहर का विशाल प्रांगण भर गया।

सातवें तोरण के भीतर श्वेत पत्थर के एक विशाल सभा-भवन में अम्बपालिका नागरिक युवकों भी अभ्यर्थना कर रही थी। वह भवन एक टुकड़े के 64 हरे रंग के पत्थर के खम्भों पर निर्मित हुआ था, और इस पर रंगीन रत्नों को जड़कर फूल-पत्ती, पक्ष तथा वन के दृश्य बनाए गए थे। छत पर स्वर्ण का पत्तर मढ़ा था, जहाँ पर बारीक खुदाई और रंगीन मीना का काम हो रहा था। इस विशाल भवन में दुग्ध-फेन के समान उज्ज्वल वर्ण का अति मुलायम और बहुमूल्य बिछावन बिछा था। थोड़े-थोड़े अन्तर से बहुत-सी वेदियाँ, पृथक् बनी थीं, जहाँ कोमल उपधान, मद्य के स्वर्ण-पात्र और प्यालियाँ, जुआ खेलने के पासे तथा अन्य विनोद-सामग्री, भिन्न-भिन्न प्रकार के ग्रन्थ, बहुमूल्य चित्र तथा अन्य बहुत-सी मनोरंजन की सामग्री थीं।

महाप्रतिहार अलिन्द तक अतिथि युवकों को लाता, वहाँ से प्रधान परिचारिका उसे कक्ष तक ले आती। कक्ष-द्वार पर स्वयं अम्बपालिका साक्षात् रति के समान आगत जनों का हाथ पकड़कर स्वागत करती, एक वेदी पर ले जाकर बैठाती,

सुगन्ध और पुष्प-मालाओं से सत्कार करती तथा अपने हाथों से मद्य डालकर पिलाती थी। उस स्वर्ग-सदन में, रूप, यौवन और जीवन के आलोक में अर्द्धरात्रि तक नित्य ही माधुर्य और आनन्द का प्रवाह बहता था। सैकड़ों दासियाँ दौड़-धूप करके याचित वस्तु तत्काल जुटा देतीं। फिर कुछ ठहरकर संगीत-लहरी उठती। कोमल तन्तु-वाद्य गम्भीर मृदंग के साथ वैशाली के श्रेष्ठि पुत्रों, राजवर्गियों और कुमारों के हृदय को मसोस डालता था। वाद्य की ताल पर मोम की पुतली के समान कुमारियाँ मधुर स्वर से स्वर-ताल और मूर्च्छनामय संगीत-गान करतीं, और नर्तकियाँ ठुमककर नाचती थीं। उस स्वप्न-सौन्दर्य के दृश्य को युवक सुगन्धित मद्य के घूँट के साथ पीकर अपने जन्म को धन्य मानते थे।

अम्बपालिका अब 20 वर्ष की पूर्ण युवती थी। उसका यौवन और सौन्दर्य मध्याकाश में था। और लिच्छवि गणतन्त्र के राजा ही नहीं, मगध, कोशल और विदेह के महाराजा तक उसके लिए सदैव अभिलाषी बने रहते थे। इन सभी महानृपतियों की ओर से रत्न, अस्त्र, हाथी आदि भेंट में आते रहते थे और अम्बपालिका अपनी कृपा और प्रेम के चिह्न-स्वरूप कभी-कभी ताज़े फूलों की एकाध माला तथा कुछ गंध द्रव्य उन्हें प्रदान कर दिया करती थी।

विधाता ने मानो उसे स्वर्ण से बनाया था। उसका रंग गोरा ही न था, उस पर सुनहरी प्रभा थी—जैसे चम्पे की अविकसित कली में होती है। उसके शरीर की लचक, अंगों की सुडौलता वर्णन से बाहर की बात थी। उस सौन्दर्य में विशेषता यह थी कि समय का अत्याचार भी उस सौन्दर्य को नष्ट न कर सका था। जैसे मोती का पर्त उतार देने से नई आभा, नया पानी दमकने लगता है, उसी प्रकार अम्बपालिका का शरीर प्रतिवर्ष निखार पाता था। उसका कद कुछ लंबा, देह मांसल और कुच पीन थे। तिस पर उसकी कमर इतनी पतली थी कि उसे कटिबंधन बाँधने की आवश्यकता ही नहीं पड़ती थी। उसके अंग-प्रत्यंग चैतन्य थे, मानो प्रकृति ने उन्हें नृत्य करने और आनन्द-भोग करने को ही बनाया था।

उसके नेत्रों में सूक्ष्म लालसा की झलक और दृष्टि में गज़ब की मदिरा भर रही थी। उसका स्वभाव सतेज था, चितवन में दृढ़ता, निर्भीकता, विनोद और स्वेच्छाचारिता साफ़ झलकती थी। उसे देखते ही आमोद-प्रमोद की अभिलाषा प्रत्येक पुरुष के हृदय में उत्पन्न हो जाती थी।

जैसा कहा जा चुका है, उसकी रंगत पर एक सुनहरी झलक थी, गाल कोमल और गुलाबी थे, ओंठ लाल और उत्फुल्ल थे, मानो कोई पका हुआ रसीला फल चमक रहा हो। उसके दाँत हीरे की तरह स्वच्छ, चमकदार और अनार की पंक्ति

की तरह सुडौल, कुच पीन तथा अनीदार थे। नाक पतली, गर्दन हंस जैसी, कंधे सुडौल, बाहु मृणाल जैसी थी। सिर के बाल काले, लंबे, घुँघराले तथा रेशम से भी मुलायम थे। आँखें काली और कँटीली, अँगुलियाँ पतली और मुलायम थीं। उन पर उसके गुलाबी नाखूनों की बड़ी बहार थी। पैर छोटे और सुन्दर थे। जब वह ठसक के साथ उठकर खड़ी हो जाती तो लोग उसे एकटक देखते रह जाते थे। उसकी भुजाओं और देह का पूर्व भाग सदा खुला रहता था।

वैशाली में बड़ी भारी बेचैनी फैल गई। अश्वारोही दल-के-दल नगर के तोरण से होकर नगर के बाहर निकल रहे थे। प्रतिहार लोग और किसी को न बाहर निकलने देते थे और न भीतर घुसने देते थे। तोरण के इधर-उधर बहुत-से नागरिक सेना का यह अकस्मात् प्रस्थान देख रहे थे। एक पुरुष ने पूछा—क्यों भाई, जानते हो यह सेना कहाँ जा रही है? उसने कहा—न, यह कोई नहीं जानता। अश्वारोही दल निकल गया। पीछे कई सेना-नायक धीरे-धीरे परामर्श करते चले गए।

क्षण-भर में संवाद फैल गया। मगध के प्रतापी सम्राट शिशुनागवंशी बिम्बसार ने वैशाली पर चढ़ाई की। गंगा के दक्षिण छोर पर दुर्जय मगध सेना दृष्टि के उस छोर से इस छोर तक फैली हुई थी। इस सेना में 10 हज़ार हाथी, 50 हज़ार अश्वारोही और पाँच लाख पैदल थे।

वैशाली के लिच्छवि-गणतंत्र का प्रताप भी साधारण न था। गंगा के उत्तर कोण पर देखते-देखते सैन्य-समूह एकत्रित हो गया। लिच्छवियों के पास 8 हज़ार हाथी, 1 लाख अश्वारोही और 6 लाख पैदल थे।

तीन दिन तक दोनों दल आमने-सामने डटे रहे। तीसरे दिन लिच्छवि लोगों ने देखा, उस पार डेरों की संख्या कम हो गई है। निपुण सहस्रों सैनिक घाट से पार आने की तैयारी कर रहे हैं, यह समझने में देर न लगी। दोपहर होते-होते मगध-सेना गंगा पार करने लगी। लिच्छवि-सेना चुपचाप खड़ी रही। ज्यों ही कुछ सेना ने भूमि पर पाँव रखा त्यों ही वैशाली की सेना जय-जयकार करते बढ़ चली, मानो सहस्र उल्कापात हुए हों। मेघ-संघर्षण की तरह घोर गर्जना करके दोनों सेनाएँ भिड़ गईं। मगध-सेना की गति रुक गई। बाण, बर्छे और तलवारों की प्रलय मच गई। उस दिन, दिन-भर संग्राम रहा। सूर्यास्त देख, दोनों सेनाएँ पीछे को फिरीं।

दो मास से नगर का घेरा जारी है। बीच-बीच में युद्ध हो जाता है। कोई पक्ष निर्बल नहीं होता। नगर की तीन दिशाएँ मगध-शिविर से घिरी हैं। बीच में जो सबसे बड़ा डेरा है, उसके ऊपर सोने का गरुड़ध्वज अस्त होते सूर्य की किरणों

से अग्नि की तरह दमक रहा है। उसके आगे एक स्वर्ण-पीठ पर गौरवर्ण सम्राट् विराजमान हैं। निकट एक-दो विश्वासी पार्षद हैं। सम्राट् अति सुन्दर, बलिष्ठ और गम्भीरमूर्ति हैं। नेत्रों में तेज और स्नेह, दृष्टि में वीरत्व और औदार्य तथा प्रतिभा में अदम्य तेज प्रकट हो रहा है। सम्राट् आधे लेटे हुए कुछ मंत्रणा कर रहे हैं। एक कर्णिक नीचे बैठा उनके आदेशानुसार लिखता जाता है। एक दंडधर ने आगे बढ़कर पुकारकर कहा—महानायक युवराज भट्टारकपादीय गोपालदेव तोरण पर उपस्थित हैं। सम्राट् ने चौंककर उधर देखा और भीतर बुलाने का संकेत किया। साथ ही कर्णिक और मन्त्री को विदा किया।

गोपालदेव ने तलवार म्यान से खींच शीश से लगाई और फिर विनम्र निवेदन किया—महाराजाधिराज की आज्ञानुसार सब व्यवस्था ठीक है। देवश्री पधारने का कष्ट करें। सम्राट् के नेत्रों में उत्फुल्लता उत्पन्न हुई। वे उठकर वस्त्र पहनने के लिए पट-मंडप में घुस गए।

वैशाली के राजपथ जनशून्य थे, दो प्रहर रात्रि जा चुकी थी, युद्ध के आतंक ने नगर के उल्लास को मूर्छित कर दिया था। कहीं-कहीं प्रहरी खड़े उस अंधकारमयी रात्रि में भयानक भूत-से प्रतीत होते थे। धीरे-धीरे दो मनुष्य मूर्तियाँ अन्धकार का भेदन करती हुई वैशाली के गुप्त द्वार के निकट पहुँचीं। एक ने द्वार पर आघात किया, भीतर प्रश्न हुआ—संकेत?

मनुष्यमूर्ति ने कहा—अभिनय!

हल्की चीत्कार करके द्वार खुल गया। दोनों मूर्तियाँ भीतर घुसकर राजपथ छोड़, अँधेरी गलियों की अट्टालिकाओं की परछाईं में छिपती-छिपती आगे बढ़ने लगीं। एक स्थान पर प्रहरी ने बाधा देकर पूछा—कौन? एक व्यक्ति ने कहा—आगे बढ़कर देखो। प्रहरी निकट आया। हठात् दूसरे व्यक्ति ने उसका सिर धड़ से जुदा कर दिया। दोनों फिर आगे बढ़े। अम्बपालिका के द्वार पर अन्ततः उनकी यात्रा समाप्त हुई। द्वार पर एक प्रतिहार मानो उनकी प्रतीक्षा कर रहा था। संकेत करते ही उसने द्वार खोल दिया और आगन्तुकगण को भीतर लेकर द्वार बंद कर लिया।

आज इस विशाल राजमहल सदृश भवन में सन्नाटा था। न रंग-बिरंगी रोशनी, न फव्वारे, न दास-दासी गणों की दौड़-धूप। दोनों व्यक्ति चुपचाप प्रतिहार के साथ जा रहे थे। सातवें अलिन्द को पार करने पर देखा, एक और मूर्ति एक खम्भे के सहारे खड़ी है। उसने आगे बढ़कर कहा—इधर से पधारिए श्रीमान्! प्रतिहार वहीं रुक गया। नवीन व्यक्ति स्त्री थी और वह सर्वांग काले वस्त्र से ढाँपे हुए

थी। दोनों आगन्तुक कई प्रांगण और अलिंद पार करते हुए कुछ सीढ़ियाँ उतरकर एक छोटे-से द्वार पर पहुँचे जो चाँदी का था और जिस पर अतिशय मनोहर जाली का काम हो रहा था और उसी जाली में से छन-छनकर रंगीन प्रकाश बाहर पड़ रहा था।

द्वार खोलते ही देखा, एक बहुत बड़ा कक्ष भिन्न-भिन्न प्रकार की सुख-सामग्रियों से परिपूर्ण था। यद्यपि उतना बड़ा नहीं, जहाँ नागरिकजनों का प्रायः स्वागत होता था, परन्तु सजावट की दृष्टि से इस कक्ष के सम्मुख उसकी गणना नहीं हो सकती थी। यह समस्त भवन श्वेत और काले पत्थरों से बना था। और सर्वत्र ही सुनहरी पच्चीकारी का काम हो रहा था। उसमें बड़े-बड़े बिल्लौर के अठपहलू अमूल्य खम्भे लगे थे, जिनमें मनुष्य का हूबहू प्रतिबिम्ब सहस्रों की संख्याओं में दीखता था। बड़े-बड़े और भिन्न-भिन्न भावपूर्ण चित्र टँगे थे। सहस्र दीप-गुच्छों में सुगन्धित तेल जल रहा था। समस्त कक्ष भीनी सुगन्ध से महक रहा था। धरती पर एक महामूल्यवान् रंगीन बिछावन था जिस पर पैर पड़ते ही हाथ भर धँस जाता था। बीचोंबीच एक विचित्र आकृति की सोलह-पहलू सोने की चौकी पड़ी थी, जिस पर मोर-पंख के खम्भों पर मोतियों की झालर लगा एक चँदोवा तन रहा था और पीछे रंगीन रेशम के परदे लटक रहे थे, जिसमें ताज़े पुष्पों का शृंगार बड़ी सुघड़ाई से किया गया था। निकट ही एक छोटी-सी रत्नजटित तिपाई पर मद्य-पात्र और पन्ने का बड़ा-सा पात्र धरा हुआ था।

हठात् सामने का परदा उठा और उसमें वह रूप-राशि प्रकट हुई जिसके बिना अलिंद शून्य हो रहा था। उसे देखते ही आगन्तुकगण में से एक तो धीरे-धीरे पीछे हटकर कक्ष से बाहर हो गया, दूसरा व्यक्ति स्तम्भित-सा खड़ा रहा। अम्बपालिका आगे बढ़ी। वह बहुत महीन श्वेत रेशम की पोशाक पहने हुए थी। वह इतनी बारीक थी कि उसके आर-पार साफ़ दीख पड़ता था। उसमें से छनकर उसके सुनहरे शरीर की रंगत अपूर्व छटा दिखा रही थी। पर यह कमर तक ही था। वह चोली या कोई दूसरा वस्त्र नहीं पहने थी। इसलिए उसकी कमर के ऊपर के अंग-प्रत्यंग साफ़ दीख पड़ते थे।

विधाता ने उसे किस क्षण में गढ़ा था। हमारी तो यह धारणा है कि कोई चित्रकार न तो वैसा चित्र ही अंकित कर सकता था और न कोई मूर्तिकार वैसी मूर्ति ही बना सकता था।

उस भुवन-मोहिनी की छटा आगन्तुक के हृदय को छेदकर पार हो गई। गहरे काले रंग के बाल उसके उज्ज्वल और स्निग्ध कंधों पर लहरा रहे थे। स्फटिक

के समान चिकने मस्तक पर मोतियों का गुथा हुआ आभूषण अपूर्व शोभा दिखा रहा था। उसकी काली और कँटीली आँखें, तोते के समान नुकीली नाक, बिम्बफल जैसे अधर-ओष्ठ और अनारदाने के समान उज्ज्वल दाँत, गोरा और गोल चिबुक बिना ही शृंगार के अनुराग और आनन्द बिखेर रहा था। अब से ढाई हज़ार वर्ष पूर्व की वह वैशाली की वेश्या ऐसी ही थी।

मोती की कोर लगी हुई सुन्दर ओढ़नी पीछे की ओर लटक रही थी और इसलिए उसका उन्मत्त कर देनेवाला मुख साफ देखा जा सकता था। वह अपनी पतली कमर में एक ढीला-सा बहुमूल्य रंगीन शाल लपेटे हुए थी। हंस के समान उज्ज्वल गर्दन में अंगूर के बराबर मोतियों की माला लटक रही थी और गोरी-गोरी गोल कलाइयों में नीलम की पहुँची पड़ी हुई थी।

उस मकड़ी के जाले के समान बारीक उज्ज्वल परिधान के नीचे, सुनहरे तारों की बुनावट का एक अद्भुत घाघरा था, जो उस प्रकाश में बिजली की तरह चमक रहा था। पैरों में छोटी-छोटी लाल रंग की उपानत् थीं, जो सुनहरे फ़ीते से कस रही थीं।

उस समय कक्ष में गुलाबी रंग का प्रकाश हो रहा था। उस प्रकाश में अम्बपालिका का मानो परदा चीरकर इस रूप-रंग में प्रकट होना आगन्तुक व्यक्ति को मूर्तिमती मदिरा का अवतरण-सा प्रतीत हुआ। वह अभी तक स्तब्ध खड़ा था। धीरे-धीरे अम्बपालिका आगे बढ़ी। उसके पीछे 16 दासियाँ एक ही रूप और रंग की मानो पाषाण-प्रतिमाएँ ही आगे बढ़ रही थीं।

अम्बपालिका धीरे-धीरे आगे बढ़कर आगन्तुक के निकट आकर झुकी और फिर घुटने के बल बैठ, उसने कहा—परमेश्वर, परम वैष्णव, परम भट्टारक, महाराजाधिराज की जय हो। इसके बाद उसने सम्राट् के चरणों में प्रणाम करने को सिर झुका दिया। दासियाँ भी पृथ्वी पर झुकी गईं।

आगन्तुक महाप्रतापी मगध-सम्राट बिम्बसार थे। उन्होंने हाथ बढ़ाकर अम्बपालिका को ऊपर उठाया। अम्बपालिका ने निवेदन किया—महाराजाधिराज पीठ पर विराजें। सम्राट् ने ऊपर का परिच्छद उतार फेंका, वे पीठ पर विराजमान हुए।

अम्बपालिका ने नीचे धरती पर बैठकर सम्राट् का गन्ध, पुष्प आदि से सत्कार किया। इसके बाद उसने अपनी मद-भरी आँखें सम्राट् पर डालकर कहा—महाराजाधिराज ने बड़ी अनुकंपा की, बड़ा कष्ट किया।

सम्राट् ने किंचित् मोहक स्वर में कहा—अम्बपाली! यदि मैं यह कहूँ कि केवल विनोद के लिए आया हूँ तो यह यथार्थ नहीं। तुम्हारे रूप-गुण की प्रशंसा

सुनकर स्थिर नहीं रह सका, और इस कठिन युद्ध में व्यस्त रहने पर भी तुम्हें देखने के लिए शत्रुपुरी में घुस आया, परन्तु तुम्हारा प्रबन्ध धन्य है।

अम्बपालिका—(लज्जित-सी होकर ज़रा मुस्कराकर) मैं पहले ही सुन चुकी हूँ कि देव स्त्रियों की चाटुकारी में बड़े प्रवीण हैं।

सम्राट्—चाटुकारी नहीं, अम्बपालिके! तुम वास्तव में रूप और गुण में अद्वितीय हो!

अम्बपालिका—श्रीमान्, मैं कृतार्थ हुई। इसके बाद वह अपने मुक्तावनिंदित दाँतों की छटा दिखाते हुए सम्राट् की सेवा में खड़ी हुई। सम्राट् ने प्याला ले और उसे खींचकर बगल में बैठा लिया। संकेत पाते ही दासियों ने क्षणभर में गायन-वाद्य का संरजाम जुटा दिया। कक्ष संगीत-लहरी में डूब गया और उस गम्भीर निस्तब्ध रात्रि में मगध के प्रतापी सम्राट् उस एक वेश्या पर अपने साम्राज्य को भूल बैठे।

एक वर्ष बीत गया। प्रतापी लिच्छवि-राज मगध साम्राज्य के आगे मस्तक नत करने को बाध्य हुए। अब वैशाली में उमंग न थी। अम्बपालिका का द्वार सदैव बन्द रहता था। द्वार पर कड़ा पहरा था। कोई व्यक्ति न उसे देख सकता था, न उससे मिल सकता था। उसके बहुत-से युवक मित्र उस युद्ध में निहत हुए थे, पर जो बच रहे थे, वे अम्बपाली के इस परिवर्तन पर आश्चर्यान्वित थे। वे किसी भी तरह उसका साक्षात् न कर सकते थे। दूर-दूर तक यह बात फैल गई थी।

अम्बपालिका के सहस्रावधि वेतन-भोगी दास-दासी, सैनिक और अनुचरों में से भी केवल दो व्यक्ति थे जो अम्बपालिका को देख सकते और उससे बात कर सकते थे। एक प्रधान परिचारिका यूथिका, दूसरा एक वृद्ध दंडधर जिसे भीतर-बाहर सर्वत्र आने की स्वतन्त्रता थी। सम्राट् का आगमन केवल इन्हीं दोनों को मालूम था और वे दोनों ही यह रहस्य भी जानते थे कि अम्बपालिका को सम्राट् से गर्भ है।

यथासमय पुत्र प्रसव हुआ। यह रहस्य भी केवल इन्हीं दो व्यक्तियों पर ही प्रकट हुआ। और वह पुत्र उसी दंडधर ने गुप्त रूप से राजधानी ले जाकर मगध सम्राट् की गोद में डालकर, अम्बपालिका का अनुरोध सुनाकर कहा—महाराजाधिराज की सेवा में मेरी स्वामिनी ने निवेदन किया है कि उनकी तुच्छ भेंट-स्वरूप मगध के भावी सम्राट् आपके चरणों में समर्पित हैं। सम्राट् ने शिशु को सिंहासन पर डालकर वृद्ध दंडधर से उत्फुल्ल नयन से कहा—मगध के सम्राट् को झटपट अभिवादन करो। दंडधर ने कोश से तलवार निकाल, मस्तक पर लगाई

और तीन बार जयघोष करके तलवार शिशु के चरणों में रख दी। सम्राट् ने तलवार उठाकर वृद्ध की कमर में बाँधते-बाँधते कहा—अपनी स्वामिनी को मेरी यह तुच्छ भेंट देना। यह कहकर उन्होंने एक वस्तु वृद्ध के हाथ में चुपचाप दे दी। वह वस्तु क्या थी, यह ज्ञात होने का कोई उपाय नहीं।

भगवान् बुद्ध वैशाली में पधारे हैं और अम्बपालिका की बाड़ी में ठहरे हैं। आज हठात् अम्बपालिका के महल में हलचल मच रही है। सभी दास-दासी, प्रतिहार, द्वारपाल दौड़-धूप कर रहे हैं। हाथी, घोड़े, पालकी, रथ सज रहे हैं। सवार शस्त्र-सज्जित हो रहे हैं। अम्बपालिका भगवान् बुद्ध के दर्शनार्थ बाड़ी में जा रही है। एक वर्ष बाद आज वह फिर सर्वसाधारण के सम्मुख निकल रही है। समस्त वैशाली में यह समाचार फैल गया है। लोग झुंड-के-झुंड उसे देखने राजमार्ग पर डट गए हैं। अम्बपालिका एक श्वेत हाथी पर सवार होकर धीरे-धीरे आगे बढ़ रही है। दासियों का पैदल झुंड उसके पीछे है, उसके पीछे अश्वारोही दल है और उसके बाद हाथियों पर भगवान् की पूजा-सामग्री। सबसे पीछे बहुत-से वाहन, कर्मचारी और पौरगण।

अम्बपालिका एक साधारण पीत-वर्ण परिधान धारण किए अधोमुख बैठी है। एक भी आभूषण उसके शरीर पर नहीं है। बाड़ी से कुछ दूर ही उसने सवारी रोकने की आज्ञा दी। वह पैदल भगवान् के निवास तक पहुँची, पीछे 100 दासियों के हाथ में पूजन-सामग्री थी।

तथागत बुद्ध की अवस्था अस्सी को पार कर गई थी। एक गौरवर्ण, दीर्घकाय, श्वेतकेश, कृश, किन्तु बलिष्ठ महापुरुष पद्मासन से शान्त मुद्रा में एक सघन वृक्ष की छाया में बैठे थे। सहस्त्रावधिक शिष्यगण दूर तक मुंडित-शिर और पीत वस्त्र धारण किए स्तब्ध-से श्रीमुख के प्रत्येक शब्द को हृत्पटल पर लिख रहे थे। आनन्द नामक शिष्य ने निवेदन किया—प्रभु! अम्बपालिका दर्शनार्थ आई है। तथागत ने किंचित् हास्य से अपने करुण नेत्र ऊपर उठाए। अम्बपालिका धरती में लोटकर कहने लगी—प्रभो! त्राहि माम्। त्राहि माम्।

भगवान् ने कहा—कल्याण! कल्याण! आनन्द ने कहा—उठो अम्बपाली। महाप्रभु प्रसन्न हैं। अम्बपाली ने यथाविधि भगवान् का अर्घ्यदान, पाद्य, मधुपर्क से पूजन किया और चरण-रज नेत्रों में लगाई, फिर हाथ बाँध सम्मुख खड़ी हो गई।

भगवान् ने हँसकर कहा—अब और क्या चाहिए अम्बपाली?

"प्रभो! भगवन्। इस अपदार्थ का आतिथ्य स्वीकार हो, इन चरण-कमलों की देवदुर्लभ रज-कण किंकरी की कुटिया को प्रदान हो।"

प्रभु ने करुण स्वर में कहा—तथास्तु। भिक्षुगण सहस्र कंठ से जयोल्लास से चिल्ला उठे। परन्तु यह क्या? उस नाद को विदीर्ण करता हुआ एक और नाद उठा। भगवान् ने पूछा—आनन्द। यह क्या है? "प्रभो! लिच्छविराजवर्ग और अमात्यवर्ग श्रीपाद-पद्म के दर्शनार्थ आ रहा है।" प्रभु हँस पड़े। अम्बपालिका हट गई। प्रतापी लिच्छविराजगण, राजकुमार, अमात्यवर्ग और अन्तः पुर ने एक साथ ही भगवान् के चरणों में महान् मस्तक झुका दिए। भगवान् ने कहा—कल्याण! कल्याण!

महाराज ने पद-धूलि मुकुट पर लगाकर कहा—महाप्रभु। यह तुच्छ राजधानी इन चरणों में पधारने से कृतकृत्य हुई। परन्तु प्रभो। यह वेश्या की बाड़ी है, श्रीचरणों के योग्य नहीं। प्रभु के लिए राजप्रासाद प्रस्तुत है और राजवंश प्रभु-पद-सेवा को बहुत उत्सुक है। भगवान् ने हंसकर कहा—तथागत के लिए वेश्या और राजा में क्या अन्तर है? तथागत समदृष्टि है।

"प्रभो! तब कल का आतिथ्य राज-परिवार को प्रदान कर कृतार्थ करें!"

"वह तो मैं अम्बपालिका का स्वीकार कर चुका।"

राजा निरुत्तर हुए। वे फिर प्रणाम कर लौटे। कुछ श्वेत वस्त्र धारण किए थे, कुछ लाल और कुछ आभूषण पहने थे।

अम्बपालिका रथ में बैठकर लौटी। उसने आज्ञा दी—मेरा रथ लिच्छवि महाराजाओं के बराबर हाँको। उनके पहिये के बराबर मेरा पहिया और उनके धुरे के बराबर मेरा धुरा रहे, तथा उनके घोड़े के बराबर मेरा घोड़ा।

लिच्छवियों ने देखकर क्रोध-मिश्रित आश्चर्य से पूछा—अम्बपालिके, यह क्या बात है? तू हम लोगों के बराबर अपना रथ हाँक रही है?

उसने उत्तर दिया—मेरे प्रभु। मैंने तथागत और उसके शिष्यवर्ग को भोजन का निमन्त्रण दिया है और वह उन्होंने स्वीकार किया है।

उन्होंने कहा—हे अम्बपाली। हमसे एक लाख स्वर्ण-मुद्रा ले और यह भोजन हमें कराने दे।

"मेरे प्रभु, यह सम्भव ही नहीं है।"

"तब 100 ग्राम ले और यह निमन्त्रण हमें बेच दे।"

"नहीं स्वामी। कदापि नहीं।"

"आधा राज्य ले और यह निमन्त्रण हमें दे दे।"

"मेरे प्रभु। आप एक तुच्छ भूखंड के स्वामी हैं, पर यदि समस्त भूमंडल के चक्रवर्ती भी होते और अपना समस्त साम्राज्य मुझे देते तो भी मैं ऐसी कीर्ति की जेवनार को नहीं बेच सकती थी।"

लिच्छवि राजाओं ने तब अपना हाथ पटककर कहा—हाय! अम्बपालिका ने हमें पराजित कर दिया, अम्बपालिका हमसे बढ़ गई। अम्बपालिके! तब तुम स्वच्छन्दता से हमसे आगे रथ हाँको। अम्बपालिका ने रथ बढ़ाया। गर्द का एक तूफान पीछे रह गया।

दस सहस्र भिक्षुओं के साथ भगवान् बुद्ध ने अम्बपालिका के प्रासाद को आलोकित किया। वैशाली के राजमार्ग में नगर के प्राणी आ जूझे थे। महापुरुष बुद्ध और उनके वीतरागी भिक्षु भूमि पर दृष्टि दिए पैदल धीरे-धीरे आगे बढ़ रहे थे। नगर के श्रेष्ठिगण दुकानों से उठ-उठकर मार्ग की भूमि को भगवान् के चरण रखने से पूर्व अपने उत्तरीय से झाड़ रहे थे। कोई नागरिक भीड़ से निकलकर पथ पर अपने बहुमूल्य शाल बिछा रहे थे। महाप्रभु बिना कुछ कहे एकरस धीरे-धीरे आगे बढ़ रहे थे। वह महान् संन्यासी, प्रबल वीतरागी, महाप्राण वृद्ध, पुरुष श्रेष्ठ जय-जयकार की प्रचंड घोषणा से ज़रा भी विचलित नहीं हो रहा था। उसकी दृष्टि मानो पृथ्वी में पाताल तक घुस गई थी। और स्त्रियाँ झरोखों से खील और पुष्प-वर्षा कर रही थीं। अम्बपालिका का तोरण आते ही चार दंडधरों ने दौड़कर पथ पर कौशेय बिछा दिया। द्वार में प्रवेश करने पर सर्वत्र कौशेय बिछा था। अनगिनत कर्मचारी भिक्षुगण के सम्मानार्थ दौड़ गए। पीत-वसनधारी मुंडित भिक्षु नक्षत्रों की तरह उस विशाल प्रांगण में, महाजन-समूह में चमक रहे थे।

अतिथिशाला में भगवान् के पहुँचते ही अम्बपालिका ने 200 दासियों के साथ स्वयं आकर तथागत के चरणों में सिर झुकाया और वहाँ से वह अपने अंचल से पथ की धूल झाड़ती हुई प्रभु को भीतरी अलिन्द तक ले गई। इस समय प्रभु के साथ केवल आनन्द चल रहे थे।

प्रांगण के मध्य में एक चंदन की चौकी पर शुद्ध आसन बिछा था। अम्बपालिका के अनुरोध पर प्रभु वहाँ विराजमान हुए। अम्बपालिका ने अर्घ्य-पाद्य दान करके भोजन प्रस्तुत करने की आज्ञा माँगी। आज्ञा मिलते ही अम्बपालिका स्वयं स्वर्ण-थाल में भोजन ले आई। अनेक प्रकार के चावल और रोटियाँ थीं। अम्बपालिका सेवा में करबद्ध खड़ी रही। भगवान् ने मौन होकर भोजन किया और तृप्त होकर कहा—बस।

अम्बपालिका के नेत्रों से अश्रुधारा बही। प्रभु ज्यों ही शुद्ध होकर आसन पर विराजे, अम्बपालिका ने पृथ्वी में गिरकर प्रणाम किया।

भगवान् ने कहा—अम्बपालिका, अब और तेरी क्या इच्छा है?

"प्रभु एक तुच्छ भिक्षा प्रदान हो?"

तथागत ने गंभीर होकर कहा—वह क्या है?

"प्रभो। आज्ञा कीजिए, कोई भिक्षु अपना उत्तरीय प्रदान करे।" आनन्द ने उत्तरीय उतारकर अम्बपालिका को दे दिया। क्षण-भर के लिए अम्बपालिका भीतर गई परन्तु दूसरे ही क्षण वह उसी वस्त्र से अंग लपेटे आ रही थी। उस बौद्ध भिक्षु के प्रदान किए एकमात्र वस्त्र को छोड़कर उसके पास न कोई और वस्त्र था, न आभरण। उसके नेत्रों से अविरल अश्रुधारा बह रही थी। भगवान् विमूढ़ उसका व्यापार देख रहे थे। वह आकर भगवान् के सम्मुख फिर लोट गई।

भगवान् ने शुभ हस्त से उसे स्पर्श करके कहा—उठो, उठो। हे कल्याणी। तुम्हारी इच्छा क्या है?

"महाप्रभु। अपवित्र दासी की घृष्टता क्षमा हो। यह महानारी-शरीर कलंकित करके मैं जीवित रहने पर बाधित की गई; शुभ संकल्प से मैं वंचित रही, प्रभो, यह समस्त संपदा कलुषित तपश्चर्या का संचय है। मैं कितनी व्याकुल, कितनी कुंठित, कितनी शून्यहृदया रहकर अब तक जीवित रही हूँ, यह कैसे कहूँ। मेरे जीवन में दो ज्वलन्त दिन आए। प्रथम दिन के फलस्वरूप मैं आज मगध के भावी सम्राट् की राजमाता हूँ, परन्तु भगवन्। आज के महान् पुण्ययोग के फलस्वरूप अब मैं इससे भी उच्च पद प्राप्त करने की धृष्ट अभिलाषा करती हूँ। महाप्रभु प्रसन्न हों। जब भगवान् की चरण-रज से यह घर पवित्र हुआ, तब यहाँ विलास और पाप कैसा? उसकी सामग्री ही क्यों, उसकी स्मृति ही क्यों?

इसलिए भगवान् के चरण-कमलों में यह सारी संपदा—महल, अटारी, धन, कोष, हाथी, प्यादे, रथ, वस्त्र, भंडार आदि सब समर्पित है। प्रभु ने भिक्षा का उत्तरीय मुझे भिक्षा में दिया है, मेरे शरीर की लज्जा-निवारण को यह बहुत है स्वामिन्। आज से अम्बपाली भिक्षुणी हुई। अब यह इस भिक्षा में प्राप्त पवित्र वस्त्र को प्राण देकर भी सम्मानित करेगी। हे प्रभु। आज्ञा हो।"

इतना कहकर अविरल अश्रुधारा से भगवत्-चरणों को धोती हुई, अम्बपालिका बुद्ध की चरण-रज नेत्रों से लगाकर उठी, और धीरे-धीरे महल से बाहर चली। महावीतराग बुद्ध के नेत्र आप्यायित हुए। उन्होंने 'तथास्तु' कहा और खड़े होकर उसका सिर स्पर्श करके कहा—कल्याण! कल्याण! सहस्र-सहस्र कंठ से 'जय अम्बपालिके, जय अम्बपालिके' का गगनभेदी नाद उठा। सहस्रों नर-नारी पीछे चले। अम्बपालिका उस पीत परिधान को धारण किए, नीचा सिर किए, पैदल उसी राजमार्ग से भूमि पर दृष्टि दिए धीरे-धीरे नगर से बाहर जा रही थी और

उसके पीछे समस्त नगर उमड़ा जा रहा था। खिड़कियों से पौर वधुएँ पुष्प और खील-वर्षा कर रही थीं।

भगवान् ने कहा—हे आनन्द, यह स्थान बौद्ध भिक्षुओं का प्रथम विहार होगा। बौद्ध भिक्षु यहाँ रहकर सन्मार्ग का अन्वेषण करेंगे—यही तथागत की इच्छा है।

आनन्द ने सिर झुकाया। भिक्षु-मंडल जय-नाद कर उठा। बुद्ध भगवान् धीरे-धीरे उठकर नगर के राजमार्ग से आते हुए अम्बपालिका की बाड़ी में आकर अपने आसन पर विराजमान हुए। कुछ दूर एक वृक्ष की जड़ में अम्बपालिका स्थिर बैठी थी। भगवान् को स्थित देख वह उठी और धीर भाव से प्रभु के सम्मुख आकर खड़ी हुई। भगवान् ने उसकी ओर देखा। अम्बपालिका ने विनयावनत होकर कहा—

'बुद्धं सरणं गच्छामि
धम्मं सरणं गच्छामि
संघं सरणं गच्छामि'

तथागत स्थिर हुए। उन्होंने तत्काल पवित्र जल उसके मस्तक पर सिंचन किया और पवित्र वाक्यों का उपदेश देकर कहा—भिक्षुओं! महासाध्वी अम्बपालिका का स्वागत करो।

फिर जयनाद से दिशाएँ गूँज उठीं और अम्बपालिका तथागत तथा अन्य वृद्ध भिक्षुगण को प्रणाम कर वहाँ से चल दी और फिर वैशाली के पुरुष उसे न देख सके!!

दुखवा मैं कासे कहूँ मोरी सजनी

यह कहानी सम्भवतः आचार्य की सबसे अधिक प्राचीन कहानी है। और सन् 14 या 15 के लगभग लिखी गई थी। उन दिनों वे चिकित्सक की हैसियत से किसी रियासत में एक राजकुमारी की चिकित्सा करने गए थे। वहाँ जो उन्होंने राजकुमारी का रूप-वैभव और शरीर पर लाखों रुपये मूल्य के हीरे-मोती देखे और राजकुमारी की जो मनोवृत्ति का अध्ययन किया तो उसी से प्रभावित होकर उन्होंने इस कहानी की सृष्टि की थी। तब एक बवंडर यह भी उठा था कि यह कहानी चोरी का माल है। किसी ने उसे गुजराती से, किसी ने मराठी से और किसी ने उर्दू से चुराई हुई बताया था। तब आचार्य ने इन समालोचक पुंगवों को एक संक्षिप्त उत्तर दिया था कि चोरी के जुर्म में वे सूली पर चढ़ने को तैयार हैं, बशर्ते की ये समालोचकगण उनकी विधवा कलम का पाणिग्रहण करने को तैयार हों। अयोग्य समालोचक के मुँह पर यह एक करारा तमाचा था। तब से यह कहानी बहुत प्रसिद्ध हो गई। भारत के भिन्न-भिन्न विश्वविद्यालयों में उसे आज के तरुणों के पिताओं ने पढ़ा। और अब आज के तरुण पढ़ रहे हैं। कहानी में उत्कट मानसिक आघात-प्रतिघातों को मनोवैज्ञानिक विश्लेषण तो है ही, मुग़लों के राजसी वैभव के रेखाचित्र भी हैं। और इन चित्रों का इतना सच्चा उतरने का कारण यह था कि उन दिनों आचार्य का राजा-महाराजाओं के अन्तःपुर में बहुत प्रवेश था। और चिकित्सक के नाते उन्हें गुप्त-से-गुप्त बातें भी ज्ञात होती रहती थीं। परन्तु कथा का मूलाधार एक

मशहूर किस्सागो के दंत किस्से पर आधारित था। उन दिनों दिल्ली में शाही ज़माने के कुछ किस्सागो ज़िन्दा थे, जो शाही परम्परा में रईसों को किस्से सुनाने का खानदानी पेशा करते आए थे। एक किस्सा सुनाने की उनकी फ़ीस दो रुपये से लेकर पचास रुपये तक होती थी। आचार्य को इन किस्सों से बहुत लगाव था। और कहना चाहिए उनकी कहानी लिखने में प्रवृत्ति किसी साहित्यिक प्रेरणा से नहीं हुई, इन किस्सागो लोगों की ही वाणी से हुई। इस प्रकार यह कहानी यदि चोरी का ही माल है तो किसी साहित्य की चोरी का नहीं, एक किस्सागो के मुँह से चुराया हुआ है। इस कहानी के इतिहास में एक बात यह कहनी और है कि इसकी फीस दो रुपये उन्हें देनी पड़ी थी। और जब यह कहानी प्रथम बार 'सुधा' में छपी तो उन्हें मुबलिग पाँच रुपये पुरस्कार (?) मिले थे।

●

गर्मी के दिन थे। बादशाह ने उसी फागुन में सलीमा से नई शादी की थी। सल्तनत के झंझटों से दूर रहकर नई दुलहिन के साथ प्रेम और आनन्द की कलोल करने वे सलीमा को लेकर कश्मीर के दौलतख़ाने में चले आए थे।

रात दूध में नहा रही थी। दूर के पहाड़ों की चोटियाँ, बर्फ़ से सफेद होकर चाँदनी में बहार दिखा रही थीं। आरामबाग़ के महलों के नीचे पहाड़ी नदी बल खाकर बह रही थी।

मोतीमहल के एक कमरे में शमादान जल रहा था, और उनकी खुली खिड़की के पास बैठी सलीमा रात का सौंदर्य निहार रही थी। खुले हुए बाल उसकी फ़ीरोज़ी रंग की ओढ़नी पर खेल रहे थे। चिकन के काम से सजी और मोतियों से गुंथी हुई उस फ़ीरोज़ी रंग की ओढ़नी पर कसी हुई कमख़्वाब की कुरती और पन्नों को कमरपेटी पर अंगूर के बराबर बड़े मोतियों की माला झूम रही थी। सलीमा का रंग भी मोती के समान था। उसकी देह की गठन निराली थी। संगमरमर के समान पैरों में ज़री के काम के जूते पड़े थे, जिन पर दो हीरे धक्-धक् चमक रहे थे।

कमरे में एक कीमती ईरानी कालीन का फ़र्श बिछा हुआ था, जो पैर रखते ही हाथ-भर नीचे धँस जाता था। सुगन्धित मसालों से बने शमादान जल रहे थे। कमरे में चार पूरे कद के आईने लगे थे। संगमरमर के आधार पर, सोने-चाँदी

के फूलदानों में, ताज़े फूलों के गुलदस्ते रखे थे। दीवारों और दरवाजों पर चतुराई में गुँथी हुई नागकेसर और चम्पे की मालाएँ झूल रही थीं। जिनकी सुगंध से कमरा महक रहा था। कमरे में अनगिनत बहुमूल्य कारीगरी की देश-विदेश की वस्तुएँ करीने से सजी हुई थीं।

बादशाह दो दिन शिकार को गए थे। इतनी रात होने पर भी नहीं आए थे। सलीमा खिड़की में बैठी प्रतीक्षा कर रही थी। सलीमा ने उकताकर दस्तक दी। एक बाँदी दस्तबस्ता हाज़िर हुई।

बाँदी सुन्दर और कमसिन थी। उसे पास बैठने का हुक्म देकर सलीमा ने कहा—

"साकी, तुझे बीन अच्छी लगती है या बाँसुरी?"

बाँदी ने नम्रता से कहा—हुज़ूर जिसमें खुश हों।

सलीमा ने कहा—पर तू किसमें खुश है?

बाँदी ने कम्पित स्वर में कहा—सरकार! बाँदियों की खुशी ही क्या।

सलीमा हँसते-हँसते लोट गई। बाँदी ने वंशी लेकर कहा—क्या सुनाऊँ?

बेगम ने कहा—ठहरो, कमरा बहुत गरम मालूम देता है। इसके तमाम दरवाज़े और खिड़कियाँ खोल दे। चिराग़ों को बुझा दे, चटखती चाँदनी का लुत्फ़ उठाने दे, और वे फूलमालाएँ मेरे पास रख दे।

बाँदी उठी। सलीमा बोली—सुन पहले एक गिलास शरबत दे, बहुत प्यासी हूँ।

बाँदी ने सोने के गिलास में खुशबूदार शरबत बेगम के सामने ला धरा। बेगम ने कहा—उफ्। यह तो बहुत गर्म है। क्या इसमें गुलाब नहीं दिया?

बाँदी ने नम्रता से कहा—दिया तो है सरकार।

"अच्छा, इसमें थोड़ा-सा इस्तंबोल और मिला।"

साकी गिलास लेकर दूसरे कमरे में चली गई। इस्तंबोल मिलाया और भी एक चीज़ मिलाई। फिर वह सुवासित मदिरा का पात्र बेगम के सामने ला धरा।

एक ही साँस में उसे पीकर बेगम ने कहा—अच्छा, अब सुना। तूने कहा था कि तू मुझे प्यार करती है; कोई प्यार का ही गाना सुना।

इतना कह और गिलास को ग़लीचे पर लुढ़काकर मदमाती सलीमा उस कोमल मख़मली मसनद पर खुद भी लुढ़क गई, और रस-भरे नेत्रों से साकी की ओर देखने लगी। साकी ने वंशी का स्वर मिलाकर गाना शुरू किया—

'दुखवा मैं कासे कहूँ मोरी सजनी—

बहुत देर तक साकी की वंशी और कंठ-ध्वनि कमरे में घूम-घूमकर रोती

रही। धीरे-धीरे साकी खुद भी रोने लगी। साकी मदिरा और यौवन के नशे में चूर होकर झूमने लगी।

गीत ख़तम करके साकी ने देखा, सलीमा बेसुध पड़ी है। शराब की तेज़ी-से उसके गाल एकदम सुर्ख़ हो गए हैं, और तांबूल-राग-रंजित होंठ रह-रहकर फड़क रहे हैं। सांस की सुगन्ध से कमरा महक रहा है। जैसे मन्द पवन में कोमल पत्ती काँपने लगती है, उसी प्रकार सलीमा का वक्ष-स्थल धीरे-धीरे काँप रहा है। प्रस्वेद की बूँदें ललाट पर दीपक के उज्ज्वल प्रकाश में मोतियों की तरह चमक रही हैं।

वंशी रखकर साकी क्षण-भर बेगम के पास आकर खड़ी हुई। उसका शरीर काँपा, आँखें जलने लगीं, कंठ सूख गया। वह घुटने के बल बैठकर बहुत धीरे-धीरे अपने आंचल से बेगम के मुख का पसीना पोंछने लगी। इसके बाद उसने झुककर बेगम का मुँह चूम लिया।

फिर ज्यों ही उसने अचानक आँख उठाकर देखा, खुद दीन-दुनिया के मालिक शाहजहाँ खड़े उसकी यह करतूत अचरज और क्रोध से देख रहे हैं।

साकी को साँप डस गया। वह हतबुद्धि की तरह बादशाह का मुँह ताकने लगी। बादशाह ने कहा—तू कौन है? और यह क्या कर रही थी?

साकी चुप खड़ी रही। बादशाह ने कहा—जवाब दे।

साकी ने धीमे स्वर में कहा—जहाँपनाह! कनीज़ अगर कुछ जवाब न दे, तो?

बादशाह सन्नाटे में आ गए—बाँदी की इतनी हिम्मत?

उन्होंने फिर कहा—मेरी बात का जवाब नहीं? अच्छा, तुझे नंगी करके कोड़े लगाए जाएँगे।

साकी ने अकंपित स्वर में कहा—मैं मर्द हूँ।

बादशाह की आँखें में सरसों फूल उठी। उन्होंने अग्निमय नेत्रों से सलीमा की ओर देखा। वह बेसुध पड़ी सो रही थी। उसी तरह उसका भरा यौवन खुला पड़ा था। उनके मुँह से निकला—उफ़्। फ़ाहशा। और तत्काल उनका हाथ तलवार की मूठ पर गया। फिर उन्होंने कहा—दोज़ख़ के कुत्ते! तेरी यह मजाल!

फिर कठोर स्वर में पुकारा—मादूम!

एक भयंकर रूप वाली तातारी औरत बादशाह के सामने अदब से आ खड़ी हुई। बादशाह ने हुक्म दिया—इस मर्दूद को तहख़ाने में डाल दे, ताकि बिना खाए-पिए मर जाए।

मादूम ने अपने कर्कश हाथों में युवक का हाथ पकड़ा और ले चली। थोड़ी

देर बाद दोनों एक लोहे के मज़बूत दरवाज़े के पास आ खड़े हुए। तातारी बाँदी ने चाबी निकाल दरवाजा खोला, और कैदी को भीतर ढकेल दिया। कोठरी की गच कैदी का बोझ ऊपर पड़ते ही काँपती हुई नीचे धसकने लगी।

प्रभात हुआ। सलीमा की बेहोशी दूर हुई। चौंककर उठ बैठी। बाल सँवारे, ओढ़नी ठीक की, और चोली के बटन कसने को आईने के सामने जा खड़ी हुई। खिड़कियाँ बन्द थीं। सलीमा ने पुकारा—साकी! प्यारी साकी! बड़ी गर्मी है, ज़रा खिड़की तो खोल दे। निगोड़ी नींद ने तो आज गज़ब ढा दिया। शराब कुछ तेज़ थी।

किसी ने सलीमा की बात न सुनी। सलीमा ने ज़रा ज़ोर-से पुकारा—साकी।

जवाब न पाकर सलीमा हैरान हुई। वह खुद खिड़की खोलने लगी। मगर खिड़कियाँ बाहर से बन्द थीं। सलीमा ने विस्मय से मन-ही-मन कहा—क्या बात है? लौंडियाँ सब क्या हुईं?

वह द्वार की तरफ चली। देखा, एक तातारी बाँदी नंगी तलवार लिए पहरे पर मुस्तैद खड़ी है। बेग़म को देखते ही उसने सिर झुका लिया।

सलीमा ने क्रोध से कहा—तुम लोग यहाँ क्यों हो?

"बादशाह के हुक्म से।"

"क्या बादशाह आ गए?"

"जी हाँ।"

"मुझे इत्तिला क्यों नहीं की?"

"हुक्म नहीं था।"

"बादशाह कहाँ हैं?"

"ज़ीनतमहल के दौलतख़ाने में।"

सलीमा के मन में अभिमान हुआ। उसने कहा—ठीक है, ख़ूबसूरती की हाट में जिनका कारबार है, वे मुहब्बत को क्या समझेंगे? अब तो ज़ीनतमहल की किस्मत खुली?

तातारी स्त्री चुपचाप खड़ी रही। सलीमा फिर बोली—मेरी साकी कहाँ है?

"कैद में!"

"क्यों?"

"जहाँपनाह का हुक्म!"

"उसका कुसूर क्या था?"

"मैं अर्ज़ नहीं कर सकती।"

"कैदख़ाने की चाबी मुझे दे, मैं अभी उसे छुड़ाती हूँ।"

"आपको अपने कमरे से बाहर जाने का हुक्म नहीं है।"

"तब क्या मैं भी कैद हूँ।"

"जी हाँ।"

सलीमा की आँखों में आँसू भर आए। वह लौटकर मसनद पर गड़ गई, और फूट-फूटकर रोने लगी। कुछ ठहरकर उसने एक ख़त लिखा—

"हुज़ूर! कुसूर माफ़ फर्मावें। दिनभर थकी होने से ऐसी बेसुध सो गई कि हुज़ूर के इस्तकबाल में हाज़िर न रह सकी। और मेरी उस लौंडी की जां बख्शी जाए। उसने हुजूर के दौलतख़ाने में लौट आने की इत्तिला मुझे वाजिबी तौर पर न देकर बेशक भारी कुसूर किया है। मगर वह नई, कमसिन, ग़रीब दुखिया है।

—कनीज़,

सलीमा"

चिट्ठी बादशाह के पास भेज दी गई। बादशाह ने आगे होकर कहा—क्या लाई है?

बाँदी ने दस्तबस्ता अर्ज़ की—ख़ुदावन्द! सलीमा बीबी की अर्ज़ी है।

बादशाह ने गुस्से से होंठ चबाकर कहा—उससे कह दे कि मर जाए। इसके बाद ख़त में एक ठोकर मारकर उन्होंने उधर से मुँह फेर लिया।

बाँदी सलीमा के पास लौट आई। बादशाह का जवाब सुनकर सलीमा धरती पर बैठ गई। उसने बाँदी को बाहर जाने का हुक्म दिया, और दरवाज़ा बन्द करके फूट-फूटकर रोई। घंटों-बीत गए; दिन छिपने लगा। सलीमा ने कहा—हाय! बादशाहों की बेगम होना भी क्या बदनसीबी है। इंतज़ार करते-करते आँखें फूट जाएँ, मिन्नतें करते-करते ज़बान घिस जाए, अदब करते-करते आँखें फूट जाएँ, फिर भी इतनी-सी बात पर कि मैं ज़रा सो गई, उनके आने पर जग न सकी, इतनी सज़ा। इतनी बेइज़्ज़ती। तब मैं बेगम क्या हुई? ज़ीनत और बाँदियाँ सुनेंगी तो क्या कहेंगी? इस बेइज्ज़ती के बाद मुँह दिखाने लायक कहाँ रही? अब तो मरना ही ठीक है। अफ़सोस। मैं किसी ग़रीब किसान की औरत क्यों न हुई।

धीरे-धीरे स्त्रीत्व का तेज उसकी आत्मा में उदय हुआ। गर्व और दृढ़ प्रतिज्ञा के चिह्न उसके नेत्रों में छा गए। वह सांपिन की तरह चपेट खाकर उठ खड़ी हुई। उसने एक और ख़त लिखा—

"दुनिया के मालिक। आपकी बीवी और कनीज़ होने की वजह से मैं आपके

हुक्म को मानकर मरती हूँ। इतनी बेइज़्ज़ती पाकर एक मलिका का मरना ही मुनासिब भी है। मगर इतने बड़े बादशाह को औरतों को इस क़दर नाचीज़ तो न समझना चाहिए कि एक अदना-सी बेवकूफ़ी की इतनी कड़ी सज़ा दी जाए। मेरा कुसूर सिर्फ इतना ही था कि मैं बेख़बर सो गई थी। ख़ैर, सिर्फ एक बार हुज़ूर को देखने की ख्वाहिश लेकर मरती हूँ। मैं उस परवरदिगार के पास जाकर अर्ज़ करूँगी कि वह मेरे शौहर को सलामत रक्खे।

—सलीमा"

ख़त को इत्र से सुवासित करके ताज़े फूलों के एक गुलदस्ते में इस तरह रख दिया कि जिससे किसी की उस पर फ़ौरन ही नज़र पड़ जाए। इसके बाद उसने जवाहरात की अँगूठी निकाली और कुछ देर तक आँखें गड़ा-गड़ाकर उसे देखती रही। फिर उसे चाट गई।

बादशाह शाम की हवाख़ोरी को नज़र-बाग में टहल रहे थे। दो-तीन खोजे घबराए हुए आए, और चिट्ठी पेश करके अर्ज़ की—हुज़ूर गज़ब हो गया। सलीमा बीबी ने ज़हर खा लिया है, और वे मर रही हैं।

क्षणभर में बादशाह ने ख़त पढ़ लिया। झपटे हुए सलीमा के महल पहुँचे। प्यारी दुलहिन ज़मीन पर पड़ी है। आँखें ललाट पर चढ़ गईं हैं। रंग कोयले के समान हो गया है। बादशाह से न रहा गया। उन्होंने घबराकर कहा—हकीम, हकीम को बुलाओ। कई आदमी दौड़े।

बादशाह का शब्द सुनकर सलीमा ने उनकी तरफ़ देखा, और धीमे स्वर में कहा—ज़हे किस्मत!

बादशाह ने नज़दीक बैठकर कहा—सलीमा। बादशाह की बेगम होकर क्या तुम्हें यही लाज़िम था?

सलीमा ने कष्ट से कहा—हुज़ूर। मेरा कुसूर बहुत मामूली था।

बादशाह ने कड़े स्वर में कहा—बदनसीब। शाही ज़नानख़ाने में मर्द का भेष बदलकर रखना मामूली कुसूर समझती है? कानों पर यकीन कभी न करता, मगर आँखों-देखी को भी झूठ मान लूँ?

तड़पकर सलीमा ने कहा—क्या?

बादशाह डरकर पीछे हट गए। उन्होंने कहा—सच कहो, इस वक्त तुम खुदा की राह पर हो, यह जवान कौन था।

सलीमा ने अचकचाकर पूछा—कौन जवान?

बादशाह ने गुस्से से कहा—जिसे तुमने साकी बनाकर पास रक्खा था।

सलीमा ने घबराकर कहा—हैं क्या वह मर्द है?

बादशाहा—तो क्या तुम सचमुच यह बात नहीं जानतीं?

सलीमा के मुँह से निकला—या खुदा।

फिर उसके नेत्रों से आँसू बहने लगे। वह सब मामला समझ गई। कुछ देर बाद बोली—ख़ाविंद। तब तो कुछ शिकायत ही नहीं; इस कुसूर की तो यही सज़ा मुनासिब थी। मेरी बदगुमानी माफ़ फ़र्माई जाए। मैं अल्लाह के नाम पर पड़ी कहती हूँ, मुझे इस बात का कुछ भी पता नहीं है।

बादशाह का गला भर आया। उन्होंने कहा—तो प्यारी सलीमा। तुम बेकुसूर ही चलीं? बादशाह रोने लगे।

सलीमा ने उनका हाथ पकड़कर अपनी छाती पर रखकर कहा—मालिक मेरे। जिसकी उम्मीद न थी, मरते वक्त वह मज़ा मिल गया। कहा-सुना माफ हो, और एक अर्ज़ लौंडी की मंजूर हो।

बादशाह ने कहा—जल्दी कहो सलीमा।

सलीमा ने साहस से कहा—उस जवान को माफ़ कर देना।

इसके बाद सलीमा की आँखों से आँसू बह चले, और थोड़ी ही देर में वह ठंडी हो गई।

बादशाह ने घुटनों के बल बैठकर उसका ललाट चूमा, और फिर बालक की तरह रोने लगे।

गज़ब के अँधेरे और सर्दी में युवक भूखा-प्यासा पड़ा था। एकाएक घोर चीत्कार करके किवाड़ खुले। प्रकाश के साथ ही एक गम्भीर शब्द तहख़ाने में भर गया—बदनसीब नौजवान। क्या होश-हवास में है?

युवक ने तीव्र स्वर में पूछा—कौन?

जवाब मिला—बादशाह।

युवक ने कुछ भी अदब किए बिना कहा—यह जगह बादशाहों के लायक नहीं है। क्यों तशरीफ़ लाए हैं?

"तुम्हारी कैफ़ियत नहीं सुनी थी, उसे सुनने आया हूँ।"

कुछ देर चुप रहकर युवक ने कहा—सिर्फ सलीमा को झूठी बदनामी से बचाने के लिए कैफ़ियत देता हूँ, सुनिए : सलीमा जब बच्ची थी, मैं उसके बाप का नौकर था। तभी से मैं उसे प्यार करता था। सलीमा भी प्यार करती थी; पर वह बचपन का प्यार था। उम्र होने पर सलीमा पर्दे में रहने लगी, और फिर वह शाहजहाँ की बेगम थी। मगर मैं उसे भूल न सका। पाँच साल तक पागल

की तरह भटकता रहा, अन्त में भेष बदलकर बाँदी की नौकरी कर ली। सिर्फ उसे देखते रहने और ख़िदमत करके दिन गुज़ारने का इरादा था। उस दिन उज्ज्वल चाँदनी, सुगन्धित पुष्प-राशि, शराब की उत्तेजना और एकान्त ने मुझे बेबस कर दिया। उसके बाद मैंने आंचल से उसके मुख का पसीना पोंछा और मुँह चूम लिया। मैं इतना ही ख़तावार हूँ। सलीमा इसकी बाबत कुछ नहीं जानती।

बादशाह कुछ देर चुपचाप खड़े रहे। इसके बाद वे कुछ कहे बिना ही दरवाज़ा बन्द किए धीरे-धीरे चले गए।

सलीमा की मृत्यु को दस दिन बीत गए। बादशाह सलीमा के कमरे में ही दिन-रात रहते हैं। सामने, नदी के उस पार पेड़ों के झुरमुट में सलीमा की सफेद क़ब्र बनी है। जिस खिड़की के पास सलीमा बैठी उस दिन रात को बादशाह की प्रतीक्षा कर रही थी, उसी खिड़की में, उसी चौकी पर बैठे हुए बादशाह उसी तरह सलीमा की क़ब्र दिन-रात देखा करते हैं। किसी को पास आने का हुक्म नहीं। जब आधी रात हो जाती है तो उस गम्भीर रात्रि के सन्नाटे में एक मर्मभेदिनी गीत-ध्वनि उठ खड़ी होती है। बादशाह साफ-साफ सुनते हैं, कोई करुण-कोमल स्वर में गा रहा है—

"दुखवा मैं कासे कहूँ मोरी सजनी?"

बावर्चिन

एक बार मुग़ल-साम्राज्य का प्रताप-सूर्य मध्याकाश में तपकर अपने काल में विश्वभर में अप्रतिम तेज विस्तार कर गया था। मुग़ल-दरबार का रुआब, दब-दबा और शान-शौकत कभी अवर्ण्य थी, परन्तु जब उसके अस्त होने का समय आया तो उसकी दशा ऐसी दयनीय हो गई जिसकी करुण कहानी आँसुओं के समुद्र में डूब गई। इस कहानी के अन्तिम मुग़ल-सम्राट् बहादुरशाह के पतन-काल और मुग़ल-बेगमात के आँसुओं का, जो कभी केवल हीरे, मोती, इत्र और ऐश्वर्य को ही जानती थीं, ऐसा चोट भरा रेखाचित्र है जो हृदय में घाव कर सकता है। साम्राज्यों के पतन में विश्वासघातियों का सदैव साथ रहा है। इसमें भी एक ऐसे विश्वासघाती का संकेत किया गया है जिसके बड़े वर्णन मुग़ल-तख़्त के पतनकाल के इतिहास में पाए गए हैं।

सन् 1845 की 28वीं मई के तीसरे पहर एक पालकी चाँदनी चौक से होकर लालकिले की ओर जा रही थी। पालकी बहुमूल्य कमख़्वाब और जरी के पर्दों से ढकी हुई थी। आठ कहार उसे कंधों पर उठाए थे और 16 तातारी बाँदियाँ नंगी तलवार लिए उसके गिर्द चल रही थीं। उसके पीछे 40 सवारों का एक दस्ता था, जिसका अफसर एक कुम्मेत अरबी घोड़े पर चढ़ा हुआ था। उसकी ज़रबफ्त की बहुमूल्य पोशाक पर कमर में नाज़ुक तलवार लटक रही थी। उसकी मूँछ पर गंगाजुमनी काम हो रहा था। उसकी काली-घनी दाढ़ी के बीच अँगारे की तरह दहकते चेहरे में मशाल की तरह जलती हुई आँखें चमक रही थीं जिन्हें वह चारों तरफ घुमाता हुआ, अकड़कर, किन्तु खूब सावधानी से पालकी के पीछे जा रहा था।

भयानक गर्मी से दिल्ली तप रही थी। तब चाँदनी चौक की सड़कें आज जैसी तारकोल बिछी हुई आईने की तरह चमचमाती न थीं, न मोटरों की घोघों-पोंपों और सर्राटेबन्द दौड़ थी। चाँदनी चौक की सड़कों पर काफ़ी ग़र्द-गुब्बार रहता था। हाथी, घोड़े, पालकी और नागौरी बैलों की जोड़ी से ठुमकती हुई बहलियाँ एक अजब बाँकी अदा से उछला करती थीं।

अब जिस स्थान पर घंटाघर है, वहाँ तब एक बड़ा-सा हौज़ था, जो चाँदनी चौक की नहर में मिल गया था, और जहाँ कम्पनी बाग और कमेटी की लाल संगीन इमारत खड़ी है, वहाँ एक बड़ी भारी किन्तु ख़स्ता हाल सराय थी, जिसकी बुर्जियाँ टूट गई थीं और जहाँ अनगिनत खच्चर, टट्टू, बैलगाड़ियाँ, घोड़े और परदेसी बेतरतीबी से पेड़ों के नीचे या बे-मरम्मती कोठरियों में भरे हुए थे।

जिस समय पालकी वहाँ से गुज़र रही थी, उस समय हौज़ पर ख़ासा धोबी-घाट लगा हुआ था। कोई नहा रहा था, कोई साबुन से कपड़े धो रहा था। सराय के टूटे किन्तु संगीन फाटक पर देशी-विदेशी आदमियों का जमघट लगा था।

पालकी अवश्य ही कहीं दूर से आ रही थी। कहार लोग पसीने से लथपथ हो रहे थे। उनका दम फूल रहा था और वे लड़खड़ा रहे थे। पीछे से अफ़सर तेज़ चलने की ताकीद कर रहा था, मगर ऐसा मालूम होता था कि अब और तेज़ चलना असम्भव है।

कहारों में एक बूढ़ा कहार था। उसका हाल बहुत ही बुरा हो रहा था। कुछ कदम और चलकर वह ठोकर खाकर गिर पड़ा, पालकी रुक गई।

तातारी बाँदियाँ ठिठक कर खड़ी हो गईं। अफ़सर ने घोड़ा बढ़ाया। बूढ़ा अभी सम्भला न था। एक चाबुक तपाक से उसकी गर्दन और कनपटी की चमड़ी उधेड़ गया। साथ ही बिजली की कड़क की तरह उसके कान में शब्द पड़े-उठ, उठ, ओ दोज़ख़ के कुत्ते। देर हो रही है।

कहार ने उठने की चेष्टा की, पर उठ न सका। वह गिर गया। गिरते ही दस-बीस, पच्चीस-पचास चाबुक तड़ातड़ पड़े। खून का फव्वारा छूटा और कहार का जीवन-प्रदीप बुझ गया!!

लाश को पैर की ठोकर से ढकेलकर अफ़सर ने ख़ूनी आँख भीड़ पर दौड़ाई। एक गठीला गौरवर्ण युवक मैले और फटे वस्त्र पहने भीड़ में सबसे आगे खड़ा था। मुश्किल से रेखें भीगी होंगी। अफ़सर ने पालकी उठाने का हुक्म दिया। युवक आगे बढ़ा। दूसरे ही क्षण तपाक से एक चाबुक उसकी पीठ पर पड़ा और साथ ही ये शब्द—साला, जल्दी।

युवक ने क्रुद्ध स्वर में कहा—जनाब! हुक्म बजा लाता हूँ, मगर ज़बान सँभाल...

दस-बीस चाबुक खाकर युवक वहीं तड़पकर गिर गया। उसके नाक और मुँह से खून का फव्वारा बह चला। अफसर ने एक आदमी को कन्धा लगाने का हुक्म दिया। क्षण-भर में पालकी फिर अपनी राह लगी।

चिराग़ जल चुके थे। दीवाने-ख़ास में हज़ारा फ़ानूस की तमाम काफूरी मोमबत्तियां जल रही थीं। जमुना की लहरों से धुलकर पूर्वी हवा झरोखों से छन-छनकर आ रही थी। ख़ास-ख़ास दरबारी बादशाह सलामत के तशरीफ़ लाने की इंतजारी में अदब से खड़े थे। सामने एक चौकी पर वही युवक लहू-लुहान पड़ा था। अन्तःपुर के झरोखों से परिचारिकाओं के कंठ स्वर ने कहा—होशियार, अदब कायदा निगहदार! यह शब्दस्वर चोबदारों ने दोहराया—होशियार, अदब कायदा निगहदार! उमरावमंडल और मन्त्रिमंडल ज़मीन तक सिर झुकाकर खड़ा हो गया। सम्पूर्ण दरबार में निस्तब्धता छा गई। धीरे-धीरे वृद्ध सम्राट् बहादुरशाह दो सुन्दरियों के कन्धों का सहारा लिए भीतरी ड्योढ़ी से निकलकर सिंहासन पर आ बैठे। चार बाँदियाँ मोरछल लेकर बग़ल में खड़ी हुईं। चोबदार ने पुकारा—जिल्ले इलाही बरामद कर्द मुजरा अदब से?

यह सुनते ही एक उमराव सहमा हुआ अपने स्थान से आगे बढ़ा और सम्राट् के सामने जाकर उसने तीन बार झुककर सलाम किया। चोबदार ने उसके रुतबे और शान के अनुसार कुछ शब्द कहकर सम्राट् का ध्यान उधर आकर्षित किया। इसी प्रकार सभी सरदारों ने प्रणाम किया।

इसके बाद बादशाह ने वज़ीर को संकेत किया। वज़ीर ने जवान से कहा—जवान। तुम्हारे हालात बादशाह सलामत अगर्चे सुन चुके हैं, मगर तुम्हारी ख़ास ज़बान से सुनना चाहते हैं। तमाम हालात मुफस्सिल में बयान करो।

युवक ने ज़मीन में लोट-लोटकर सब मामला बयान किया। बादशाह ने फ़रमाया—सब हरूफ-बहरूफ़ सही है। कहाँ है वह ज़ालिम ज़मीर?

ज़मीर तख्त के सामने आकर घुटनों के बल गिर गया।

बादशाह ने फरमाया—ज़मीर। तुझे कुछ कहना है?

बादशाह ने हुक्म दिया—इस जालिम को सीधा खड़ा करो। मगर ठहरो, मैं उस पर भी रहम किया चाहता हूँ। इसे नौकरी से बरखास्त किया जाता है और इसका दर्जा इस नौजवान को अता किया जाता है। इसकी तमाम जायदाद ज़ब्त की जाती है और वह उस कहार के घरवालों को बख्श दी जाती है।

हुक्म देकर बादशाह उठे। तुरन्त चार बाँदियों ने सहारा दिया। दरबारी लोग ज़मीन तक झुक गए।

बादशाह ने युवक के निकट आकर कहा—आराम होने तक शाही महलों में रहने की तुम्हें इजाज़त बख्शी जाती है और शाही हकीम तुम्हारे मालजे को मुकर्रर किए जाते हैं।

युवक ने बादशाह की कदमबोसी की और पल्ला चूमा। बादशाह धीरे-धीरे अन्तःपुर में प्रवेश कर गए।

अन्तःपुर के उन झरोखों के भीतर, जहाँ किसी भी मर्द की परछाईं पहुँचनी सम्भव न थी, एक बहुमूल्य मख़मली गद्दे पर वह घायल युवक पड़ा अपने प्रारब्ध-विकास की बात सोच रहा था। एक ही दुःखदायी घटना ने, जिसे शायद ही कोई निमन्त्रित करे, उसके भाग्य का पासा पलट दिया था। वह सोच रहा था, क्या सचमुच मेरे ये फटे चिथड़े, वह टूटा छप्पर का घर, वह माता का चक्की पीसना, सभी बदल जाएगा। वह जागते-ही-जागते स्वप्न देखने लगा—एक धवल अट्टालिका, दास-दासी, घोड़े-हाथी, सेना और न जाने क्या?

सभी विचारधाराओं के ऊपर उसे एक नवीन विचारधारा मूर्च्छित कर रही थी—वह कौन है? वही क्या इस सब भाग्य-परिवर्तन की कुंजी नहीं? पालकी के उस दुर्भेद्य पर्दे के भीतर...। वह सोच में मूर्च्छित हो गया।

हठात् उसकी विचारधारा को धक्का देते हुए कक्ष का पर्दा हटाकर दो दासियों के साथ एक खोजे ने प्रवेश किया। दासियों के हाथ में भोजन की सामग्री थी। स्वप्न-सुख की तरह कहीं वह राजभोग लुप्त न हो जाए, घायल युवक इस भय से लपककर उठा।

खोजे ने कहा—खाना खा लो, और ख़ुदा का शुक्र करो। हुज़ूर शाहज़ादी तुम पर बहुत खुश हैं और वे जल्द तुम्हें देखने को तशरीफ़ लाने वाली हैं।

चन्द्रमा की स्निग्ध ज्योत्स्ना की तरह शाहज़ादी ने कक्ष में प्रवेश किया। दो अल्पवयस्का दासियाँ परछाईं की तरह उनके पीछे थीं। शुभ्र, महीन रेशमी परिधान पर ज़रदोजी और सलमे का बारीक काम निहायत फ़साहत से हो रहा था। वह अस्फुटित कुंदकली के समान, कोमलता और माधुर्य की मूर्तिमती रेखा के समान समस्त भारत के सम्राट् की पौत्री शाहज़ादी गुलबानू थी।

केवल क्षण-भर ही वह युवक उस अतिदुर्लभ मुख की ओर देखने का साहस कर सका। उसने उठने की कोशिश की परन्तु मानो उसके शरीर का सत निकल गया था। वह गिर पड़ा, गिरे ही गिरे उसने ज़रा बढ़कर अपना मस्तक शाहज़ादी

के कदमों में रख दिया। शाहज़ादी के जूतों में लगे हीरे युवक के मस्तक पर मुकुट की तरह दिप उठे।

शाहज़ादी ने मानो फूल बिखेर दिए। उसने कहा—कल के हादसे का मुझे बहुत रंज है, पर मैं समझती हूँ, अब तुम बहुत अच्छे हो। मैंने पालकी से तमाम माजरा देखा था, मगर कर क्या सकती थी? दादाजान से आते ही शिकायत कर दी थी।

युवक ने ज़रा ऊँचा उठकर शाहज़ादी का आंचल आँखों से लगाया, और बारम्बार जमीन चूमकर कहा—हुज़ूर ख़ुदावंद शाहज़ादी, कल अगर हुज़ूर की पालकी की ख़ाक न नसीब होती तो आज यह दिन कहाँ? जहाँपनाह ने इस नाचीज़ गुलाम को निहाल कर दिया। ताबेदार ताउम्र इन कदमों का नमकहलाल रहेगा।

शाहज़ादी कुछ न कहकर धीरे-धीरे चली गई, परन्तु उसके साँस की सुगन्ध वहाँ भर गई थी, और उसी के प्रभाव से युवक के घाव भर गए थे। वह उस स्थान को, जहाँ शाहज़ादी के कमल-पद छू गए थे, अपनी छाती से लगाकर बदहवास पड़ा रहा। उस मूर्ति को चाहे क्षण-भर ही वह देख सका था, पर वह उसके रोम-रोम में रम गई थी। पर दुनिया के पर्दे में कौन-सा ऐसा कोई मर्द-बच्चा था जो फिर उसे एक बार देख लेने का हौसला भी कर सकता?

12 साल बीत गए। सन् 57 की 24वीं मई थी। ग़दर की आग धू-धू करके जल रही थी। चिनगारियाँ आसमान को छू चुकी थीं। निकल्सन ने दिल्ली पर घेरा डाल रखा था। भाग्य की रेखा के बल पर बूढ़े और लाचार बादशाह बहादुरशाह ने बाग़ियों का साथ दिया था। क्षण-क्षण में बाग़ी हार रहे थे। अंग्रेज़ी तोपें कशमीरी दरवाज़े पर गरज रही थीं। लाहौरी दरवाज़ा सर हो चुका था। फतहपुरी मस्जिद के सामने अंग्रेज़ी घुड़सवार और बाग़ियों की लाल होली खेली जा रही थी। लाशों के ढेर में से अधमरे सिपाही चिल्ला रहे थे। अंग्रेज़ बराबर बढ़ते और जो मिलता उसे संगीनों से छेदते चले आ रहे थे। कर्नल वाट्सन के हाथ में कमान थी। इनके साथ थे एक सम्भ्रान्त मुसलमान अमीर जनाब इलाहीबख्श। वे एक अरबी नफ़ीस घोड़े पर पान चबाते इतराते बढ़ रहे थे, लोग देख-देखकर भयभीत होकर घरों में छिप रहे थे।

ये इलाहीबख्श वही घायल युवक थे, जो अपनी जवांमर्दी और चतुराई से 10 वर्ष में बादशाह के अमीर और नगर के प्रतिष्ठित तथा प्रभावशाली व्यक्ति बन गए थे। अंग्रेज़ों ने दमदार मुग़लों को जहाँ तोपों और संगीनों की नोक से वश में किया था, वहाँ कुछ नमकहराम संगदिल लोगों को अपनी भेद-नीति और

सोने के टुकड़ों से वश में कर लिया था। इलाहीबख़्श भी उनमें से एक थे। 10 वर्ष पहले शहज़ादी के कदमों में गिरकर नमकहलाली की जो बात उन्होंने कही थी, वह अब उन्होंने दरगुज़र कर दी थी। वे अब अंग्रेज़ों के भेदिए थे।

दोनों व्यक्ति सराय के सामने जाकर ठहर गए। हौज़ के पास, जहाँ अब घंटाघर है, बराबर-बराबर फाँसियाँ गड़ी थीं और क्षण-क्षण में चारों तरफ गली-कूचों से आदमी पकड़े जाकर फाँसी पर चढ़ाए जा रहे थे। कुछ ख़ास कैदी इनकी प्रतीक्षा में बँधे बैठे थे। हडसन साहब ने सबको खड़े होने का हुक्म दिया। इलाहीबख़्श ने उनमें से कुछ मुग़ल-सरदारों और राजपरिवार वालों की शिनाख़्त की; वे सब फाँसी पर लटका दिए गए। इसके बाद बादशाह किले से भाग गए हैं—यह सुनकर एक फ़ौज की टुकड़ी लेकर दोनों तीर की तरह रवाना हुए।

बादशाह सलामत जल्दी-जल्दी नमाज़ पढ़ रहे थे। उनके हाथ काँप रहे थे और आँखों से आँसुओं की धारा बह रही थी। शाहज़ादी गुलबानू ने आकर कहा—बाबाजान। यह आप क्या कह रहे हैं?

"बेटी, अब और कर ही क्या सकता हूँ? ख़ुदा से दुआ माँगता हूँ, कहता हूँ—ऐ दुनिया के मालिक। मेरी मुश्किल आसान कर; यह तख़्त, तैमूर के खून का तख़्त तो आज गया ही, मेरे बच्चों की जान और आबरू पर रहम बख़्श।"

गुलबानू ने कहा—"बाबा! दुश्मन किले तक पहुँच चुके हैं। आपके लिए सवारी तैयार है, भागिए।

बादशाह ने अँधे की तरह शाहज़ादी का हाथ पकड़कर कहा—भागूँ कहाँ? हाय! वह घड़ी अब आ ही गई।

इसके बाद उन्होंने अपनी जड़ाऊ सन्दूकची मँगाई, और परिवार के सब लोगों को बुलाकर एक-एक मुट्ठी हीरे सबको देकर कहा—ख़ुदा-हाफ़िज़।

किले से निकलकर बादशाह सीधे निज़ामुद्दीन गए। उस वक्त उनके मुखमंडल की आभा उतरी हुई थी। कुछ ख़ास-ख़ास ख्वाजासरा, कहार और इने-गिने शुभचिन्तकों के सिवा कोई साथ न था। चिन्ता और भय से वे रह-रहकर काँप रहे थे। उनकी सफेद दाढ़ी धूल से भर रही थी। बादशाह चुपचाप जाकर सीढ़ियों पर बैठ गए।

गुलाम हुसैन चिश्ती सुनकर दौड़े आए। बादशाह उन्हें देखते ही खिलखिलाकर हस पड़े। चिश्ती साहब ने पूछा—ख़ैर तो है?

"ख़ैर ही है, मैंने तुमसे पहले ही कह दिया था कि ये बदनसीब ग़दर वाले मनमानी करनेवाले हैं। इन पर यकीन करना बेवकूफी है; ये खुद डूबेंगे और हमें

भी डुबाएँगे। वही हुआ, भाग निकले। मुझे तो होनहार दिखाई दे गई थी कि मैं मुगलों का आख़िरी चिराग़ हूँ। तख्त का आख़िरी साँस टूट रहा है, कोई घड़ी-भर का मेहमान है। फिर ख़ून-ख़राबा क्यों करूँ? इसीलिए किला छोड़कर चला आया। मुल्क खुदा का है, जिसे चाहे दे, जिससे चाहे ले। सैकड़ों साल तक हमारे नाम का सिक्का चला। अब हवा का रुख़ कुछ और ही है। वे हुकूमत करेंगे, ताज पहनेंगे। इसमें अफ़सोस क्यों? हमने भी तो दूसरों को मिटाकर अपना घर बसाया था। हाँ, आज तीन दिन से खाना नसीब नहीं हुआ। कुछ हो तो ले आओ?

चिश्ती साहब ने कहा—सिर्फ़ बाजरे की रोटी और सिर्के की चटनी है। हुक्म हो तो हाज़िर करूँ?

"वही ले आओ।"

बादशाह ने शान्तिपूर्वक एक रोटी खाकर और पानी पीकर कहा—बस, अब हुमायूँ के मकबरे में चला जाऊँगा, वहाँ जो भाग्य में होगा, वह होगा।

हुमायूँ के मकबरे में हडसन और इलाहीबख्श ने आकर बादशाह को गिरफ़्तार करके रंगून भेज दिया।

तीन-वर्ष व्यतीत हो गए। दिल्ली में अंग्रेज़ी अमल जमकर बैठ गया था। लालकिले पर यूनियन जैक फहरा रहा था। फांसियों की विभीषिकाओं ने नगर और ग्राम की जनता के मन में दहल उत्पन्न कर दी थी। भेड़ की तरह दब्बू चुपचाप अंग्रेज़ों के विधान को अटल प्रारब्ध की तरह देख और सह रहे थे। इलाहीबख्श के पास बादशाही बख्शीश ही बहुत थी, अब अंग्रेजी जागीरों और मेहरबानियों ने उन्हें आधी दिल्ली का मालिक बना दिया था। सरकारी नीलामी में मुहल्ले-के-मुहल्ले उन्होंने कौड़ियों में पाए थे। उनकी बड़ी भारी अट्टालिका खड़ी मनुष्य के भाग्य पर हँस रही थी। संध्या का समय था। अपनी हवेली के विशाल प्रांगण में तख्त के ऊपर बढ़िया ईरानी कालीन पर मसनद के सहारे इलाहीबख्श बैठे अम्बरी तमाखू पी रहे थे, दो-चार मुसाहिब सामने अदब से बैठे जी-हुज़ूरी कर रहे थे। मियाँजी को, मालूम होता है, बचपन के दिन भूल गए थे। वे बहुत बढ़िया अतलस के अंगरखे पर कमख़्वाब की नीमास्तीन पहने थे।

धीरे-धीरे अन्धकार के पर्दे को चीरती हुई एक मूर्ति अग्रसर हुई। लोगों ने देखा, एक स्त्री-मूर्ति मैला और फटा हुआ बुर्का पहने आ रही है। लोगों ने रोका मगर उसने सुना नहीं। वह चुपचाप मियाँ इलाहीबख्श के सम्मुख आ खड़ी हुई।

मियाँ ने पूछा—क्या चाहती हो?

"पनाह।"

"कौन हो?"

"आफ़त की मारी।"

"अकेली हो?"

"बिलकुल अकेली।"

"कुछ काम करना जानती हो?"

"बावर्ची का काम सीख लिया है।"

"तनख़ाह क्या लोगी?"

"एक टुकड़ा रोटी।"

बहुत महीन, दर्दभरी, कंपित आवाज़ में इन जवाबों को सुनकर मियाँ इलाहीबख़्श सोच में पड़ गए। थोड़ी देर बाद उन्होंने नौकर को बुलाकर उस स्त्री को भीतर भिजवा दिया। उस दिन उसी को खाना बनाने का हुक्म हुआ।

मियाँ इलाहीबख़्श दस्तरख़ान पर बैठे। दोस्त-अहबाब का पूरा जमघट था। तब तक दिल्ली में बिजली तारों से नहीं बाँधी गई थी। सुगन्धित-मोमबत्तियाँ शमादानों में जल रही थीं।

खाना खाने से सभी खुश हुए। नई बावर्चिन की तारीफ़ के पुल बाँधने लगे। दोस्तों ने कहा—ज़रा उसे बुलाइए और इनाम दीजिए।

इलाहीबख़्श ने बावर्चिन को बुला भेजा। उसने कहा—आका से दस्तबस्ता अर्ज़ है कि मैं ग़ैरमर्दों के सामने बेपर्दा नहीं हो सकती। हाँ, आका से पर्दा फ़ज़ूल है। दोस्त लोग मन मारकर रह गए। मगर इलाहीबख़्श के मन में प्रतिक्षण बावर्चिन को देखने की बेचैनी बढ़ चली। एकान्त होने पर उन्होंने फिर बुला भेजा। बावर्चिन ने जवाब दिया—मेरे मेहरबान मालिक! सफ़र, मेहनत और भूख से बेदम तथा कपड़ों से ग़लीज़ हूँ—खिदमत में हाज़िर होने के क़ाबिल नहीं।

इलाहीबख़्श स्वयं भीतर गए और बावर्चिन के सामने जा खड़े हुए। बोले—क्या मैं तुम्हारी मुसीबत की दास्तान सुन सकता हूँ? यह तो मैं समझ गया कि तुम शरीफ़ ख़ानदान की दुखियारी हो।

बावर्चिन ने अच्छी तरह अपना बुर्क़ा ओढ़कर कहा—मालिक। मेरी कोई दास्तान ही नहीं।

"क्या मुझसे पर्दा रक्खोगी?"

"यह मुमकिन नहीं है।"

"तब?"

“क्या आप मुझे देखना चाहते हैं?”

“ज़रूर, ज़रूर।”

वह मैला और फटा बुर्क़ा चम्पे की-सी उंगलियों ने हटाकर नीचे गिरा दिया। एक पीली किन्तु अभूतपूर्व मूर्ति; जिसके नेत्रों में पानी और होंठों में रस था, सामने दीख पड़ी।

इलाहीबख्श ने आँखों की धुन्ध आँखों से पोंछकर ज़रा आगे बढ़कर कहा—तुम्हें, आपको मैंने कहीं देखा है।

“जी हाँ, मेरे आका। मेरे दादाजान की मेहरबानी से, लालकिले के भीतर जब आप मेरी डोली में लगाए जाने के लिए चाबुकों से लहू-लुहान किए गए थे, तब यह बदनसीब गुलबानू आपको तसल्ली देने तथा और भी कुछ देने आपकी ख़िदमत में आई थी। उम्मीद थी, मर्द औरत की अमानत—ख़ासकर वह अमानत जो दुनिया की चीज़ नहीं, जिसके दाम जान और कुर्बानी हैं—संभालकर रक्खेंगे। पर पीछे यह जानने का कोई ज़रिया न रहा कि हुजूर ने वह अमानत किस हिफ़ाज़त से कहाँ छिपाकर रक्खी? ग़दर में वह रही या मेरे बाबाजान के तख्त के साथ वह भी गई?

इलाहीबख्श का मुँह काला पड़ गया। बदहवासी की हालत में उनके मुँह से निकल पड़ा—आप शाहज़ादी गुलबानू...?

गुलबानू ने शान्त स्वर में कहा—वही हूँ जनाब। मगर डरिएगा नहीं। अगर ग़दर में मेरी अमानत लुट भी गई होगी तो वह माँगने जनाब की ख़िदमत में नहीं आई हूँ। अब गुलबानू शाहज़ादी नहीं, हुजूर की कनीज़ है—महज़ बावर्चिन है। मेरे आका, क्या बाँदी के हाथ का खाना पसन्द आया? क्या बदनसीब गुलबानू की नौकरी बहाल रह सकेगी?

इलाहीबख्श बेहोश होने लगे। वे सिर पकड़कर वहीं बैठ गए।

गुलबून ने पंखा लेकर झलते हुए कहा—जनाब के दुश्मनों की तबियत नासाज़ तो नहीं, क्या किसी को बुलाऊँ?

इलाहीबख्श ज़मीन पर गिरकर शाहज़ादी का पल्ला चूमकर बोले—शाहज़ादी माफ करना। मैं नमकहराम हूँ।

“मैं जानती हूँ। मगर हुज़ूर यह तो बहुत छोटा कसूर है। क्या हुज़ूर यह नहीं जानते कि औरतें दिल और मुहब्बत को सल्तनत में बहुत बड़ी चीज़ समझती हैं? क्या आप यकीन करेंगे कि 12 साल तक मैं आपकी उस ज़मीन में घायल तड़पती, सूरत को आँखों में बसाकर जीती रही। जो कुछ बन सका बाबाजान

से कहकर किया। मैं जानती थी कि मिल न सकूँगी, मगर आपको दुनिया में एक रुतबा देने की हरस थी—वह पूरी हुई।

इलाहीबख्श पागल की तरह मुँह फाड़कर सुन रहे थे।

शाहज़ादी ने कहा—जब बाबाजान ने आपके दग़ा और अंग्रेज़ों से आपके मिल जाने का हाल कहा तो दिल टूट गया। मगर उस दिल से अब काम ही क्या? वह टूटे या साबुत रहे, आख़िर अनहोनी तो हो गई—एक बार फिर मुलाकात हो गई। ज़हे किस्मत।

इलाहीबख्श भागे। वे चुपचाप घर से निकले। नौकर-चाकर देख रहे थे। उसके बाद किसी ने फिर उन्हें नहीं देखा।

हल्दी घाटी में

मानधनी राणा प्रताप के प्रचंड वीरत्व और उनके विद्रोही भाई के साहस और रक्त-सम्बन्ध का मोहक वर्णन इस कहानी में है।

वर्षा ऋतु थी, लेकिन पानी नहीं बरसता था। हवा मंद थी, बहुत गर्मी और घमस थी। एक पहर दिन चढ़ चुका था। कभी-कभी धूप चमक जाती थी। आकाश में बादल छाए हुए थे। अरावली की पहाड़ियों में, हल्दीघाटी की दाहिनी ओर एक ऊँची चोटी पर दो आदमी जल्दी-जल्दी अपने शरीर पर हथियार सजा रहे थे। एक आदमी बलिष्ठ शरीर, लम्बे कद, चौड़ी छाती वाला था। उसकी घनी और काली मूँछें ऊपर को चढ़ी हुई थीं और आँखें सुर्ख़ अँगारे की तरह दहक रही थीं। वह सिर से पैर तक फ़ौलादी जिरह-बख्तर से सजा हुआ था। इस आदमी की उम्र कोई चालीस वर्ष होगी। इसका बदन ताँबे की भाँति दमक रहा था।

दूसरा आदमी भी लम्बे कद का था, किन्तु वह पहले आदमी की अपेक्षा दुबला-पतला था। वह आदमी दाढ़ी को बीच में से चीरकर कानों में लपेटे हुए था। उसके सिर पर कुसुमल रंग की पगड़ी बँधी हुई थी। उसके शरीर पर भी लोहे के जिरह-बख्तर थे। एक बड़ी ढाल उसकी पीठ पर थी और दो सिरोहियाँ उसकी कमर में बँधी हुई थीं। पहला व्यक्ति अपने सिर पर अपना फ़ौलादी टोप पहन रहा था, किन्तु वह ठीक जँचता नहीं था। दूसरे व्यक्ति ने आगे बढ़कर कहा—घणी खम्मा, अन्नदाता! आज का दिन हमारे जीवन के लिए बहुत महत्त्व का है। यदि आज नहीं तो फिर कभी नहीं। उसने आगे बढ़कर पहले आदमी के झिलमिले टोप को ठीक तरह से कस दिया और फिर एक विशालकाय भाला उठाकर उस व्यक्ति के हाथ में दे दिया।

पहले व्यक्ति ने मर्मभेदिनी दृष्टि से अपने साथी को देखा। उसने मज़बूती से

अपनी मुट्ठी में भाले को पकड़ा और मेघ-गर्जना की भाँति गम्भीर स्वर में कहा—ठाकरां, तुमने ठीक कहा : आज नहीं तो फिर कभी नहीं।

यह पहला व्यक्ति मेवाड़ का हिन्दू-पति प्रताप था और दूसरा सरदार ग्वालियर का रामसिंह तंवर था। सरदार ने अपनी कमर में दूध की भाँति सफेद पटका बाँधते हुए कहा—अन्नदाता! आज हमारी कराली तलवार बहुत दिनों की अभिलाषा को पूरी करेगी। आज हम अपनी स्वाधीनता के युद्ध में अपने जीवन को सफल करेंगे, जीतकर या हारकर। प्रताप ने कहा—बिलकुल ठीक, यही होगा। मैं आज उस भाग्यहीन राजपूतकुल-कलंक को, जिसने अपने वंश की आन को ही नहीं, राजपूत मात्र के वंश को कलंकित किया है, इस अपराध का बराबर दंड दूँगा। वह एक बार फिर ऊँचाई तक तनकर खड़ा हो गया और उसने एक बार अपने उस विशालकाय भाले को अपनी विशाल भुजदंड पर तोला।

सरदार ने अचानक चौंककर कहा—अन्नदाता! आपकी यह मुक्तामणि तो यहीं पर रह गई। यह कहकर उसने पत्थर की चट्टान पर पड़ी हुई एक देदीप्यमान मणि उठाकर प्रताप के दाहिने भुजदंड पर बाँध दी। वह सूर्य के समान चमकती हुई मणि थी। उसे देखकर प्रताप ने हँसकर कहा—वाह! इस अमूल्य मणि को तो मैं भूल ही गया था; परन्तु ठाकरां, सच बात तो यह है कि अब भूलने के लिए मेरे पास बहुत कम चीज़ें रह गई हैं।

सरदार ने हाथ जोड़कर विनीत स्वर में कहा—स्वामी, आपका जीवन और आपका यह भाला जब तक सुरक्षित है, तब तक आपको संसार की किसी बहुमूल्य वस्तु की चिन्ता करने की ज़रूरत नहीं। हमारे जीवन की सबसे बहुमूल्य वस्तु तो हमारी स्वतन्त्रता है। अगर हम उसकी रक्षा कर सके तो हमें ऐसी छोटी-छोटी मणियों की कोई आवश्यकता नहीं रहेगी।

राजा ने मुस्कराकर वृद्ध सरदार की ओर देखा। सरदार मनोयोग से वह मणि राजा के दाहिने भुजदंड पर सावधानी से बाँध रहे थे। प्रताप ने फिर मुस्कराकर कहा—किन्तु ठाकरां, क्या सचमुच आपको इस बात का विश्वास है? इस मणि में क्या चमत्कार है कि जिसके विषय में किंवदंती चली आ रही है? क्या यह सच है कि जो इस मणि को पास में रखेगा वह युद्ध में अजेय और सुरक्षित रहेगा? सरदार ने गम्भीरता से कहा—अन्नदाता! बुड्ढे लोगों से यही सुनते आए हैं। प्रताप ने एक बार फिर अपने भाले को हिलाया। "तब ठीक है, आज इस बात की परीक्षा हो जाएगी। परन्तु ठाकरां, इस बात का फैसला कैसे होगा कि इस मणि का प्रभाव सबसे अधिक है या मेरे इस मित्र का?" उसने गर्वपूर्ण दृष्टि से अपने भाले की

तरफ देखा, उसे एक बार फिर हिलाया। उस धुँधले सूर्य के प्रकाश में उसकी बिजली के समान चमक उसकी आँखों में कौंधा मार गई। उसने अपने होंठों को संपुट में कस लिया और एक बार फिर ज़ोर से अपने भाले को अपनी मुट्ठी में पकड़ा और कहा—मेरे प्यारे सरदार? जब तक यह वज्र मणि मेरे हाथ में है, मुझे किसी दूसरी मणि की परवाह नहीं।

पर्वत की उपत्यका से सहस्रों कंठ-स्वरों का जयघोष सुनाई पड़ा। राणा ने कहा—सेना तैयार दीखती है। अब हम लोगों को चलना चाहिए। वह आगे को बढ़ा और बुड्ढा सरदार उसके पीछे-पीछे।

तीस हज़ार योद्धा उपत्यका के समतल मैदान में व्यूहबद्ध खड़े थे। घोड़े हिनहिना रहे थे और योद्धाओं की तलवारें झनझना रही थीं। उस समय धूप कुछ तेज़ हो गई थी, बादल फट गए थे। सुनहरी धूप में योद्धाओं के जिरह-बख्तर और उनके भाले की नोकें बिजली की तरह चमक रही थीं। वे सब लौहपुरुष थे—सच्चे युद्ध के व्यवसायी, जो मृत्यु के साथ खेलते थे और जिन्होंने जीवन को विजय कर लिया था। वे देश और जाति के पिता थे। वे वीरों के वंशधर और स्वयं वीर थे। वे अपनी लोहे की छाती की दीवारें बनाए निश्चल खड़े हुए थे। चारण और वन्दीगण कड़खे की ताल पर बिरद गा रहे थे। धौंसे बज रहे थे। घोड़े और सिपाही—सब कोई उतावले हो रहे थे।

सेना के अग्रभाग में एक छोटा-सा हरियाली का मैदान था। उसमें 17 योद्धा सिर से पैर तक शस्त्रों से सजे हुए खड़े थे। उनके घोड़े उन्हीं के पास थे और वे सब भी जिरह-बख्तर से सुसज्जित थे। सेवक उनकी बागडोर पकड़े हुए थे। ये मेवाड़ के चुने हुए सरदार थे और अपने राजा की प्रतीक्षा में खड़े हुए थे।

एक सिंह की भाँति राणा ने उनके बीच में पदार्पण किया। सत्रह सरदार पृथ्वी में झुक गए। उनकी तलवारें खनखना उठीं और पीठ पर बँधी हुई ढालें हिल पड़ीं। सेना ने महाराज को देखते ही वज्रध्वनि से जयघोष किया। प्रताप ने एक ऊँचे टीले पर खड़े होकर अपने सरदारों और सेना को सम्बोधित करके कहा—मेरे प्यारे वीरो, वंशधरो! आज हम वह कार्य करने जा रहे हैं जो हमेशा हमारे पूर्वजों ने किया है। हम आज मरेंगे अथवा विजय प्राप्त करेंगे। हमारा इस युद्ध में कोई स्वार्थ नहीं है। हम लोग केवल इसलिए युद्ध कर रहे हैं कि हमारी स्वतन्त्रता में हस्तक्षेप हो रहा है। क्या यहाँ पर कोई ऐसा राजपूत है जो पराया गुलाम बना रहना पसन्द करे? जो ऐसा हो उसे मेरी तरफ से छुट्टी है, वह अपने

प्राण लेकर यहाँ से अलग हो जाए। परन्तु जिसने क्षत्राणी का दूध पिया है, उसके लिए आज जीवन का सबसे बड़ा दिन है, आज उसे अपने जीवन की सबसे बड़ी साध पूरी करनी चाहिए। इसके बाद प्रताप ने ललकार उठाई और उच्च स्वर से पुकारकर कहा—वीरो! क्या तुम्हारे पास तलवारें हैं। राणा ने फिर उसी तेजस्वी स्वर में कहा—और तुम्हारी कलाइयों में उन्हें मज़बूती से पकड़ रखने के लिए बल है? सेना ने फिर जयनाद किया, हज़ारों कंठ चिल्लाकर बोले—हम जीते जी और मर जाने पर भी अपनी तलवारों को नहीं छोड़ेंगे, हममें यथेष्ट बल है। राजा ने सतेज स्वर में कहा—तब चलो, हम स्वाधीनता के युद्ध में अपने जीवन और अपने नाम को सार्थक करें। एक गगनभेदी वाणी से सारा वातावरण भर गया। प्रताप उछलकर घोड़े पर सवार हो गया और तुरन्त ही सरदारों ने उसे चारों तरफ से घेर लिया। पहाड़ी नदी के तीव्र प्रवाह की भाँति यह लौहपुरुषों का दल अग्रसर हुआ। धौंसा बज रहा था और कड़खे के ताल पर चारण और बंदीगण सिपाहियों की प्रत्येक टुकड़ी के आगे उनके पूर्वजों की विरुदावलियाँ ओज भरे शब्दों में गाते हुए चल रहे थे।

मुग़ल-सैन्य एक लाख से अधिक था। जिसमें 60 हज़ार चुने हुए घुड़सवार थे। उसमें तुर्क, तातार, यवन, ईरानी और पठान सभी योद्धा थे। सवारों के पीछे हाथियों का दल था और उन पर धनुर्धारी योद्धा सजे हुए थे। दाहिनी तरफ वीर शिरोमणि मानसिंह तीस हज़ार कछवाहों को लिए हुए खड़े थे। बाईं तरफ सेनापति मुजफ्फर खाँ बाईस हज़ार मुगलों के साथ था। हरावल में दस हज़ार चुने हुए पठानों की फ़ौज थी। बीच में एक ऊँचे हाथी पर शाहज़ादा सलीम अपने छह हज़ार शरीर रक्षकों के साथ युद्ध की गतिविधि देख रहा था। दोनों सेनाएँ आमने-सामने होते ही भिड़ पड़ीं। प्रताप अपनी सेना के मध्य भाग में चल रहे थे। उनके दाहिने भाग में सलूम्बरा सरदार थे और बाईं ओर विक्रमसिंह सोलंकी। प्रताप ने सोलंकी को शत्रु के दाहिने पक्ष पर जाकर आक्रमण करने की आज्ञा दी। इसके तुरन्त ही उन्होंने सलूम्बरा सरदार को सीधे मुगल पक्ष के बाएँ भाग में घुस जाने का आदेश दिया और फिर वे तीर की भाँति अपने चुने हुए वीरों के साथ मुगल-सैन्य के हरावल पर टूट पड़े। प्रताप का दुर्धर्ष वेग मुग़ल-सैन्य न सह सकी। हरावल टूट गया और सेना के सब प्रबन्ध में तुरन्त गड़बड़ी पैदा हो गई। सलीम ने अपनी सेना को भागते हुए देखकर अपने हाथी के पैर में जंजीर डाल दी। शाहज़ादे को दृढ़ता से खड़ा देखकर मुगल-सेना फिर से लौट आई। अब युद्ध का कोई क्रम न रह गया था। तेगा से तेगा बज रहे

थे, दुधारें खड़क रही थीं, खून के फव्वारे बह निकले थे। घायलों और मरते हुओं का चीत्कार सुनकर कलेजा काँपता था। योद्धा लोग वीर-दर्प से उन्मत्त होकर घायलों और अधमरों को अपने पैरों से रौंदते हुए आगे बढ़ रहे थे। प्रताप अप्रतिम तेज से देदीप्यमान थे और दुर्धर्ष शौर्य से मुगल-सैन्य में घुसते जा रहे थे। सरदारों ने उनको रोकने के बहुत प्रयत्न किए; परन्तु उनका क्रोध निस्सीम था, वे बढ़ते ही चले गए। सरदारों ने उनके अनुगमन की चेष्टा की परन्तु प्रताप उसने दूर होते चले गए। युद्ध का बहुत कठिन समय आ गया था। प्रताप के चारों तरफ लाशों के ढेर थे परन्तु शत्रु उनकी तरफ उमड़े चले आ रहे थे। उनका चेतक हवा में उड़ रहा था। वे सलीम के हाथी के पास जा पहुँचे। उन्होंने चेतक को एड़ दी और भाले का एक भरपूर हाथ उछलकर हौदे में मारा। पीलवान मरकर हाथी की गरदन पर झूल पड़ा। सलीम ने हौदे में छिपकर जान बचाई। फ़ौलाद के मज़बूत हौदे में टक्कर खाकर प्रताप का भाला भन्न कर टूट पड़ा। प्रताप ने खींचकर दुधारा निकाल लिया। हज़ारों मुग़ल उनके चारों तरफ थे, हज़ारों चोटें उन पर पड़ रही थीं। प्रताप और उनका चेतक बराबर चले जा रहे थे। उन्होंने जीवन की आशा छोड़ दी और फिर दोनों हाथों से तलवारें चलाने लगे, लाशों का तूमार लग गया। चिल्लाहट और चीत्कार के मारे आकाश रो उठा। प्रताप का सुनहरे काम का झिलमिला टोप धूप में सूर्य की भाँति चमक रहा था। और उनके भुजदंड में बँधा हुआ वह अमूल्य रत्न आँखों में चकाचौंध लगा रहा था। धीरे-धीरे मुगल योद्धा उन पर टूटे पड़ रहे थे। प्रताप को बहुत-से घाव लग गए थे। वे शिथिल होते और थके जा रहे थे। उनके शरीर का बहुत रक्त निकल चुका था। उन्होंने थकित दृष्टि से अनन्त तक फैले हुए मुगल-सैन्य की ओर देखा, एक ठंडी साँस लीं और अपने हृदय में एक वेदना का अनुभव किया। वे मृत्यु से आँख-मिचौनी खेल रहे थे।

सलूम्बरा सरदार ने दूर से देखा। वे शत्रुओं के दाहिने पक्ष को बिलकुल विध्वस्त कर चुके थे। कछवाहों से उन्होंने खूब लोहा लिया था। उन्होंने दूर से देखा, प्रताप का अकेला झिलमिला टोप और वह अमूल्य मणि मुग़लों के अनन्त सैन्य-समुद्र में डूबी हुई नौका के समान एक क्षणिक झलक दिखा रहे हैं। उनके हृदय में चोट लगी। उन्होंने कहा—अरे। मेवाड़ का सूर्य तो यहीं अस्त हो रहा है। बुड्ढे बाघ ने अपने घोड़े को एड़ दी। उसकी बाग़ मोड़ी और अपने योद्धाओं को ललकारकर कहा—हिन्दूपति महाराणा की जय हो, वह देखो महाराणा ने शाहज़ादे के हाथी को घेर लिया, आओ चलो, आज हम प्राण देकर महाराणा का

अनुगमन करें। वीरों ने हुंकार भरी। बिजली की तरह तलवारें चमकने लगीं और तलवार के जादू से रास्ता बनने लगा। और अमर वीरों की वह छोटी-सी टुकड़ी शत्रु-सैन्य को चीरती हुई क्षण-क्षण में महाराणा के निकट होने लगी। महाराणा का एक हाथ बिलकुल निकम्मा हो गया था। अब उसमें वार करने की ताकत नहीं थी; वे केवल अपना बचाव करते थे। उनकी गर्दन कन्धे पर लटकने लगी। उन्हें मुमूर्षु अवस्था में देखकर यवन-सैन्य ने वज्रध्वनि से 'अल्लाहो अकबर' का नारा लगाया और दूसरे ही क्षण वह नाद 'जय एकलिंग' की वज्रगर्जन में विलीन हो गया। एक दफा फिर तलवारों के उस समुद्र में ज्वार आया। महाराणा ने सचेत होकर पीछे की ओर देखा : रंगीन पगड़ियाँ उनकी तरफ को लहराती हुई चली आ रही हैं। उन्होंने एक बार फिर चेतक को फटकारा।

दूसरे ही क्षण किसी ने उनके सिर पर से वह झिलमिला टोप उतार लिया और एक दूसरी पगड़ी उनके सिर पर रख दी। वह बहुमूल्य मणि भी उनके भुजदंड से खोल ली गई। महाराणा ने मुरझाई हुई दृष्टि से देखा : सलूम्बरा सरदार अपने घोड़ की बाग को दाँतों से पकड़े हुए उनका झिलमिला टोप सिर पर रखे हुए हैं और उनकी मणि भी सरदार के दाहिने भुजदंड पर बँधी हुई है। वे अपनी ओर उमड़ते हुए मुगलों को ढकेलते हुए आगे बढ़ रहे हैं। प्रताप ने कहा—ठाकरां, यह क्या। सरदार ने दोनों हाथों से तलवार चलाते हुए कहा—अन्नदाता। आज यह सेवक अपने नमक का हक अदा करेगा। आप हिन्दूकुल के सूर्य हैं, पीछे को हटते जाइए। असमय में ही सूर्य को अस्त न होना चाहिए। जाइए स्वामी! सरदार ने अपने हाथ से चेतक की बाग मोड़ दी। और वे उनको बीच में करके पीछे हटने लगे। बेतोड़ लौह की मारें चारों तरफ से पड़ रही थीं, अपने-पराये की किसी को सूझ न थी। सलूम्बरा सरदार बुड्ढे बाघ की भाँति भयानक वेग से हाथ चला रहे थे। प्रताप ने चेतक को एड़ दी और वे युद्ध-क्षेत्र से बाहर आ गए। झिलमिला टोप और मणि सलूम्बरा सरदार के मस्तक और भुजदंड पर मुग़ल-सैन्य के बीच उसी प्रकार देदीप्यमान हो रहे थे और उसी प्रकार वह भुजदंड अनेकों मुग़लों के सिर काट रहा था। सारा यवन-दल 'अल्लाहो अकबर' का जयनाद करता हुआ उसी झिलमिले टोप और देदीप्यमान मणि को लक्ष्य करते हुए धावे कर रहा था। असंख्य शस्त्र उन पर टूट रहे थे। धीरे-धीरे जैसे सूर्य समुद्र में अस्त होता है, उसी तरह लहू से भरे हुए उस रण-समुद्र में वह देदीप्यमान मणि से पुरस्कृत वीर भुजदंड और प्रताप के झिलमिलाते टोप से

सुरक्षित वह उन्नत मस्तक झुकता ही चला गया और अंत में दृष्टि से ओझल हो गया।

युद्ध-क्षेत्र कई मील पीछे रह गया था। एक नाले के किनारे प्रताप थकित भाव से एक पत्थर का सहारा लिए हुए पड़े थे और उनका चेतक वहीं पर पड़ा अन्तिम साँस ले रहा था। प्रताप ने पहले अंजलि में जल लेकर मुमूर्षु चेतक के मुँह में डाला। उसने जल को कंठ से उतारकर एक बार अपने स्वामी की ओर देखा और उसके बाद दम तोड़ दिया। वीरों का वंशधर वह प्रतापी राजा अपने उस घोड़े से लिपटकर विलाप करने लगा। उसके घावों से रक्त बह रहा था और उसके अंग-अंग घावों से भरे हुए थे। किसी ने पुकारा—महाराज। आप जैसे वीर को इस समय कातर होने का मौका नहीं है। प्रताप ने आँखें उठाकर देखा, उनके चिर-शत्रु भाई शक्तिसिंह थे। प्रताप ने जाज्वल्यमान नेत्रों से शक्तिसिंह की ओर देखा और कहा—ऐ शक्तिसिंह, तुम आज इस समय 11 वर्ष बाद अपने उस अपमान का बदला लेने आए हो? मैंने तुम्हें मुग़लों के सैन्य में ख़ूब ढूँढा। मेरे अपराधी तुम और मानसिंह थे, सलीम नहीं। तुम लोग राजपूत पिता के पुत्र होकर राजपूतनी का दूध पीकर विधर्मी मुग़लों के दास बने। मैं आज तुम दोनों राजपूत कुल-कलंकियों को मारकर अपनी जाति के कलंक को नष्ट करना चाहता था। लेकिन अब तुम देखते हो कि इस समय तो मैं खड़ा भी नहीं हो सकता और मेरा प्यारा सहचर भाला उस युद्ध में टूट गया, मेरी तलवार भी टूट गई है, मेरे पास कोई भी शस्त्र नहीं है। परन्तु तुम्हारे जैसे ग़ुलाम गीदड़, सिंह को घायल समझकर आक्रमण करें, यह सम्भव नहीं। आओ, मैं मरने से पहले एक कलंकित राजपूत से पृथ्वी माता का उद्धार करूँ। प्रताप ने एक बार बल लगाकर उठने की चेष्टा की, पर वे उठ न सके। शक्तिसिंह ने तलवार फेंक दी। उन्होंने एक दाभ का टुकड़ा वहीं से उठा लिया। उसको दाँतों में दबाकर दोनों हाथ जोड़कर वे आगे बढ़े। उन्होंने अपनी पगड़ी प्रताप के चरणों में रख दी और कहा—हिन्दूपति राणा। यह विश्वासघाती, कुल-कलंकी कभी अपने को आपका भाई कहने का साहस नहीं कर सकता। तलवार मेरे पास है, उसकी धार अभी तीखी है। लीजिए महाराजा, और अपने अपराधी को दंड दीजिए। उसने तलवार महाराणा के आगे रख दी, और सिर झुकाकर महाराणा के चरणों में पड़ गया। राणा की आँखों में आँसू उमड़ आए, उन्होंने गदगद् कंठ से कहा—भाई शक्तिसिंह! मुझे क्षमा करो, मैंने तुम्हें समझा नहीं; परन्तु यदि युद्ध के पहले तुम

मेरे सामने आकर यह शब्द कहते और आज मैं तुमको सच्चे सिसोदिया की तरह तलवार चलाकर मरते देखता तो मुझे बहुत आनन्द होता। शक्तिसिंह ने कहा—युद्ध के समय तक मेरा मन द्वेष के मैल से परिपूर्ण था और मैं मुग़लों का एक सेनापति था। लेकिन जब मैंने आपको घायल और निःशस्त्र युद्ध से लौटते हुए देखा और देखा कि दो मुग़ल शत्रु आपका पीछा कर रहे हैं तब मुझसे न रहा गया। माता का वह दूध, जो मैंने और आपने एक साथ पिया था, सजीव होकर उमड़ आया। मैंने सेना को त्यागकर उन मुग़लों का पीछा किया और उन दोनों को मार गिराया। वह देखो, वे दोनों नाले के पास पड़े हैं। अब हिन्दूपति महाराज, आपकी जय हो। यह तलवार कमर से बाँधिए और यह मेरा घोड़ा लीजिए, सामने की उस घाटी में चले जाइए। वहाँ मेरे विश्वस्त अनुचर हैं, आपके घावों का तुरन्त बन्दोबस्त हो जाएगा।

प्रताप ने आश्चर्यचकित होकर कहा—और तुम शक्तिसिंह? ''महाराज! मैं शाहज़ादे सलीम के पास जाकर अपना अपराध स्वीकार करूँगा और उनसे कहूँगा कि वे मुझे अपने हाथी के पैरों से कुचलवाकर मार डालें, क्योंकि मैंने उनका सैनिक होकर उनके शत्रु की रक्षा की है।'' शक्तिसिंह रुका नहीं, चल पड़ा। प्रताप ने कहा—भाई! सुनो। शक्तिसिंह ने कहा—महाराज मेरा अपराध बहुत भारी है। मैं कभी इस बात पर विश्वास नहीं कर सकता कि आप मुझे दंड दे सकते हैं। मैं यवन सेनापति से ही दंड चाहता हूँ। शक्तिसिंह चले गए। प्रताप ने वीर भाई को पहचाना। वे बड़ी देर तक उसकी ओर देखते रहे और भाई की दी हुई तलवार कमर में बाँधी और घोड़े पर चढ़कर चल दिए।

प्रातःकाल का समय था। महाराणा प्रताप पर्वत की एक गुफा में शिला पर बैठे हुए थे। पाँच सरदार उनके इर्द-गिर्द थे। उनके ज़ख़्म अब अच्छे हो चले थे। वे शक्तिसिंह की बारंबार तारीफ़ कर रहे थे, एक लम्बी मनुष्यमूर्ति उस गुफा के द्वार पर आकर खड़ी हो गई। वे शक्तिसिंह थे। प्रताप भुजा भरकर उनके साथ मिले। शक्तिसिंह ने वह मणि अपने वस्त्र में से निकालकर प्रताप के सामने रखी और कहा—महाराज, यह मणि सलूम्बरा सरदार ने मरते समय मुझे दी थी और वसीयत की थी कि मैं यह आपके हाथ में दूँ। इसके बाद उन्होंने सलूम्बरा सरदार की वीरतापूर्ण मृत्यु का करुण वर्णन किया और वर्णन करते-करते शक्तिसिंह रो पड़े। उन्होंने कहा—महाराज, मैं अनुताप की आग में जला जाता हूँ। आपके पास से लौटकर मैंने सलूम्बरा सरदार को देखा। उस समय भी उनके मुख पर मुस्कराहट आई और फिर उनके प्राण निकल गए। धन्य हैं वे सरदार, जो इस

तरह अपने स्वामी के लिए प्राण देते हैं...मैंने सलीम से अपना अपराध कह दिया था। परन्तु सलीम ने कोई दंड न देकर आपके पास आने को कह दिया। अब महाराज, आप मुझे दंड दीजिए।

प्रताप ने भाई का हाथ पकड़कर प्रेम से अपने निकट बैठाया और उसी समय फ़र्मान जारी किया कि भविष्य में सलूम्बरा सरदार के वंशधर मेवाड़ की सेना में हरावल में रहेंगे और शक्तिसिंह के वंशज युद्ध-क्षेत्र में दाहिने पक्ष में रहेंगे।

नवाब ननकू

'नवाब ननकू' एक भावकथा है, जिसमें चरित्र और आचार का मनोवैज्ञानिक विश्लेषण है। कहानी में कुल तीन मुख्य पात्र हैं। राजा साहब, एक शराबी, कबाबी, वेश्यागामी, लंपट रईस, जिन्होंने इसी काम में अपनी सम्पत्ति फूँक दी और अब दारिद्रय और रोग का भोग भोग रहे हैं। दूसरी है एक विगलितयौवन वेश्या, और तीसरे हैं एक रईस के औरस से उत्पन्न वेश्यापुत्र, जो अपने को नवाब समझते हैं। कहानी में तीनों दोस्तों की एक मुलाकात का रेखाचित्र है। मुलाकात में जीवन के आगे-पीछे के समूचे जीवन की स्पष्ट झाँकी अंकित करने में लेखक ने अपनी अपरिसीम कथा-निर्माण कला का परिचय दिया है। इससे भी अधिक अपनी उस विश्लेषणसामर्थ्य को मूर्त किया है—जब कि वह चरित्र को आचार से पृथक् मानता है। तीनों ही पात्र हीन-चरित्र हैं। परन्तु उनके हृदय की विशालता, विचारों की महत्ता, भावों की पवित्रता ऐसी व्यक्त हुई है कि बड़े-से-बड़ा सदाचारी भी उसकी समता नहीं कर सकता। पूरी कहानी पढ़कर तीनों में से किसी भी पात्र के प्रति मन में विराग और घृणा नहीं होती, आत्मीयता और सहानुभूति के भाव पैदा होते हैं। आचारहीन व्यक्ति भी उच्च चरित्र वाले होते हैं। तथा आचार और चरित्र में मौलिक अन्तर क्या है—यह गम्भीर मनोवैज्ञानिक और आचार-शास्त्र-सम्बन्धी नया दृष्टिकोण लेखक ने कहानी में व्यक्त किया है।

सरदी के दिन और सनीचर की रात, कल इतवार। न दफ्तर जाने की फ़िक्र,

न किसी काम की चिन्ता। बस, बेफ़िक्री से खाना खाकर जो रज़ाई में घुसे तो अंबरी तमाखू का कश खींचते, खींचते ही अंटागफील हो गए।

मगर उस मीठी नींद में शुरू में ही विघ्न पड़ गया। नीचे कोई कर्कश स्वर में चिल्ला रहा था—बाबू साहब, अजी बाबू साहब। उस वक्त आराम में यों ख़लल पड़ने से तबीयत झल्ला उठी। क्या मज़े की झपकी आई थी। मैंने उठकर खिड़की से सिर निकालकर कहा—कौन है भई; इस वक्त?

''अजी हम हैं नवाब साहब। गज़ब करते हैं आप भाईसाहब, अभी लम्हा भर हुआ है सूरज छिपे; और आपके लिए आधी रात हो गई, चीखते-चीखते गला फट गया। मुहल्ला-भर सिर पर उठा डाला।''

बड़ा गुस्सा आया उस नवाब के बच्चे पर। जी आया, कच्चा ही चबा जाऊँ। परन्तु ज़ब्त करके कहा—कहिए नवाब साहब, इस वक्त कैसे?

''अजी दरवाज़ा तो खोलिए, या गली में खड़े-ही-खड़े राग अलापूँ।''

मन-ही-मन दाँव-पेंच खाता नीचे उतरा और कुंडी खोली। नवाब साहब चुपचाप पीछे-पीछे जीना चढ़कर ऊपर आए; आते ही मसनद पर बेतकल्लुफ़ी से उठंग गए। कहने लगे—ख़ुदा की मार इस सरदी पर। हड्डियाँ तक ठंडी पड़ गईं । मगर उस्ताद, ख़ूब मज़े में आप मीठी नींद ले रहे थे।

मैंने कहा—आपके मारे कोई सोने पाए तब तो। कहिए, इस वक्त कैसे तकलीफ़ की?

नवाब साहब ने बेतकल्लुफ़ी से हँसकर कहा—यों ही, बहुत दिन से भाभी साहिबा के हाथ का पान नहीं खाया था, सोचा—पान भी खा आऊँ और सलाम भी करता आऊँ।

गुस्सा तो इतना आ रहा था कि मर्दूद को धकेल दूँ नीचे। मगर मैंने गुस्सा पीकर कहा—पूरे नामाकूल हो तुम। कल इतवार था। कल यह सलाम की रस्म पूरी नहीं कर सकते थे, जो इस वक्त मेरे आराम में ख़लल डाला?

नवाब साहब खिलखिलाकर हँस पड़े। जेब से सिगरेट का बक्स और दियासलाई निकालकर एक होंठों में दबाई। दूसरी मेरी ओर बढ़ाते हुए कहा—ख़ैर, सिगरेट तो पिओ और गुस्सा थूक दो। हाँ, चालीस रुपये मेरे हवाले करो और इसे रक्खो संभालकर।

उन्होंने बगल से एक पोटली निकालकर मेरे आगे सरका दी।

मैंने कहा—यह क्या बला है, और इस वक्त रुपयों के बिना कौन कयामत बरपा हो रही थी?

नवाब साहब को भी गुस्सा आ गया। कहने लगे—कयामत नहीं बरपा हो रही थी, तो मैं यों ही झख मारने आया हूँ इस वक्त? हज़रत, यह मेरी भी पीनक का वक्त था।

"मगर इस वक्त रुपये तुम क्या करोगे?"

"फेंक दूँगा सड़क पर, तुमसे मतलब?"

"रुपये नहीं हैं।"

"रुपये न होने की ख़ूब कही, बुलाऊँ भाभी को?"

"भाभी तुम्हारी क्या तोप से उड़ा देंगी, बुलाओ चाहे जिसको, रुपये नहीं हैं।"

"समझ गया, बेहयाई पर कमर कसे हुए हो। लाओ चुपके से रुपये दे दो, अभी मुझे सदर तक दौड़ना होगा।"

"सदर तक क्यों?"

"एक बोतल ह्स्किी और गजक लेने, और क्यों।"

"अच्छा, तो हज़रत को शराब के लिए रुपये चाहिए।"

"जी हाँ, शराब के लिए, और कबाब के लिए भी, निकालो जल्दी-से।"

"कह तो दिया, रुपये नहीं हैं।"

"तुमने कह दिया, पर हमने तो सुना नहीं।"

"नहीं सुना तो जहन्नुम में जाओ।"

"कहीं भी हम जाएँ तुम्हारी बला से, लाओ तुम रुपये दो।"

"रुपये नहीं दूँगा, अब तुम खसकन्त हो यहाँ से नवाब।"

"चे खुश। रुपये तो मैं खड़े-खड़े अभी लूँगा तुमसे।"

"क्या तुम्हारा कर्ज़ चाहिए मुझ पर?"

"कर्ज़ ही तो माँगता हूँ।"

"मैं कर्ज़ नहीं देता!"

"देखता हूँ कैसे नहीं दोगे, बुलाओ भाभी को भी अपनी हिमायत पर।" नवाब ने गुस्से से आस्तीन चढ़ानी शुरू की।

मुझे बुरी तरह हँसी आ गई। कहा—क्या मारमीट भी करने पर आमादा हो?

"मारपीट। तुम मारपीट की कहते हो, मैं तुम्हें गोली न मार दूँ तो नवाब ननकू नहीं।"

मैंने हँसकर कहा—"गोली मार दोगे तो फिर रुपया कहाँ से वसूल करोगे नवाब साहब?

"बस इसी बात को सोचकर तो तरह दे जाता हूँ, निकालो रुपये।"

"लेकिन नवाब, तुम तो कभी नहीं पीते थे, आज यह क्या बात है?"

"तो क्या मैं अपने लिए माँगता हूँ। मैंने कभी पी है?"

" फिर किसके लिए?"

"राजा साहब के लिए।"

"अच्छा–यह बात है, अब समझा। कोई नई चिड़िया आई है क्या?"

"राजेश्वरी आई है बनारस से।"

"तो तुम क्यों उस शराबी के लिए झख मारते फिरते हो?"

"तब कौन झख मारे। तुम चाहते हो, राजा साहब खुद तुम्हारे दरवाज़े पर आकर चालीस-चालीस रुपल्ली के लिए ज़लील होते फिरें।"

"वे कुछ भी करें, तुम्हें क्या। जो जैसा करेगा, भोगेगा। जिसने लाखों की ज़मीन-जायदाद, ज़र-जवाहरात, सब शराब और रंडी-भड़ुओं में फूँक दी, तुम उससे क्यों इतनी हमदर्दी रखते हो?"

"क्या मैं हमदर्दी रखता हूँ?"

"तब?"

"मैं मुहब्बत करता हूँ उनसे, उनकी इज़्ज़त करता हूँ।"

"किसलिए? सुनो, पहले तो वे मेरे बड़े भाई, दूसरे ऐसे दाता, ऐसे प्रेमी, ऐसे बात की धनी, ऐसे दिलवाले...कि दुनिया में चिराग़ लेकर ढूँढो तो कहीं मिल नहीं सकते।"

"शराबी और रंडीबाज़ भी क्यों नहीं कहते?"

"वह तुम कहो। वे शराब पीते हैं और रंडियों से आशनाई करते हैं, इसमें किसी का क्या लेते हैं? उन्होंने अपनी लाखों की जायदाद उन्हें दे दी, जिन्हें उन्होंने प्यार किया। आज उनका हाथ ख़ाली है, मगर दिल बादशाह है। वे जीते जी बादशाह रहेंगे। मैं उन्हें पसन्द करता हूँ, प्यार करता हूँ, इज़्ज़त करता हूँ। मैं नहीं बर्दाश्त कर सकता कि वे दुनिया के आगे हाथ फैलाएँ।"

"और तुम उनके लिए भीख माँगते फिरते हो।"

"किससे मैंने भीख माँगी है, कहो तो," नवाब ने तैश में आकर कहा।

"यह अभी तुम चालीस रुपये माँग रहे हो?"

"और यह क्या?"

नवाब ने सामने की पोटली की ओर इशारा किया।

उसे तो मैं भूल ही गया था। मैंने देखा–वह एक ज़री के काम का कीमती लहंगा है।

नवाब ने कहा—बेचना चाहूँ तो खड़े-खड़े दो सौ में बेच दूँ। तुमसे तो मैं चालीस ही माँग रहा हूँ।

"लहंगा क्या राजा साहब ने दिया?"

"वे क्यों देने लगे? अम्मीजान का है। राजेश्वरी आज आई थीं। मुझे बुलाकर राजा साहब ने कहा—नवाब, हाथ में इस वक्त कुछ नहीं है, राजेश्वरी के लिए कुछ खाने-पीने का बन्दोबस्त कर दो। आँखें उनकी शर्म से झुकी थीं, और लाचारी से भीग रही थीं। बस इतनी ही तो बात है।"

"अच्छा और तुम चुपके से घर आए, यह लहंगा उठाया और यहाँ आ धमके।"

"जी हाँ, और तुम्हारी नींद हराम कर दी। बहुत हुआ अब, बस अब लाओ रुपये दो।"

मैंने चुपके से दस-दस के चार नोट नवाब के हाथ पर रख दिए। मेरी आँखों में आँसू आ गए, और मैंने वह लहंगा उसी तरह लपेटकर नवाब की ओर बढ़ाते हुए कहा—इसे लेते जाओ।

नवाब ने आपे से बाहर होकर चारों नोट फेंक दिए। लाल होकर कहा—अच्छा, तो हज़रत मुझे भीख देने की जुर्रत करते हैं।

"नहीं भाई, ऐसा क्यों सोचते हो, मगर यह लहंगा मैं नहीं रख सकता।"

"तो तुम्हारे रुपये भी नवाब नहीं ले सकता। आज राजा कामेश्वर प्रसादसिंह ख़ाली हाथ हैं, और नवाब ननकू अपनी अम्मीजान का लहंगा गिरवी रखने पर लाचार हैं, मगर आप यह मत भूलिए कि वे दोनों सलीमपुर के राजा महाराज नन्दनसिंह के नुतफे से पैदा हुए हैं, जो तीन बार सोने से तुले थे, और जिन्होंने ग्यारह हाथी ब्राह्मणों को दान दिए थे। जिनकी दी हुई जागीरों को सैकड़ों शरीफ़ज़ादों की आस-औलाद आज भोग रही है। इलाके भर में जिनके पेशाब से चिराग़ जलते थे।" मैंने खड़े-होकर ख़ुशामद करते हुए कहा—वह ठीक है नवाब साहब, मगर ये रुपये तुम मेरी तरफ़ से राजा साहब को नज़र करना।

"हरगिज़ नहीं, राजा साहब कभी किसी की नज़र कबूल नहीं करते। तुम यह लहंगा गिरों रखकर चालीस रुपये देते हो तो दो।"

लाचार मैंने हामी भर ली। मैंने लहंगे को उसी तरह लपेटकर रख लिया और नवाब रुपये जेब में रखकर खड़े हुए।

मैंने कहा—यह क्या नवाब, भाभी का पान बिना खाए और बिना सलाम किए चले जाओगे?

"हरगिज़ नहीं," नवाब ने बैठते हुए कहा–बुलाओ तो उन्हें।

"मैंने पत्नी को नीचे से बुलाया। वे बच्चों को दूध पिलाने और सुलाने की खटपट में थीं; नवाब को एक लफंगा आदमी समझती थीं। मेरे पास उसका आना-जाना और चाहे जब रुपये-पैसे ले जाने को वे हमेशा नापसन्द करती थीं। उन्होंने आकर कहा–इस वक्त मेरी तलबी क्यों हुई है?

"यह इन नवाब साहब से पूछो।"

"यही कहें?"

"पान खिलाइए तो कहूँ।"

"कहो, पान भी मिल जाएगा।"

"वादे की सनद, झपाके से दो बीड़ा बढ़िया पान ले आइए।"

पत्नी चली गईं और एक तश्तरी में कई बीड़े पान लेकर लौटीं। उसमें से दो बीड़े उठाकर नवाब ने हाथ में लिए, अदब से मेरी पत्नी के सामने खड़े हुए और ज़मीन तक झुककर कहा–सलाम बड़ी भाभी, आपका यह गुलाम नवाब ननकू आपको सलाम करता है, और आपकी दुआ की इस्तिजा रखता है।

पत्नी मुस्कराईं। उन्होंने कुछ झेंपते हुए कहा–कभी बच्चों को भी नहीं भेजते नवाब साहब; एक बार भेजो।

"जो हुक्म बड़ी भाभी, सलाम।"

नवाब साहब ने और एक सलाम झुकाई और चले गए।

मेरी नींद बहुत रात तक ग़ायब रही। मैं अन्दाज़ा न लगा सका कि यह व्यक्ति संसार के सब मनुष्यों से कितना ऊँचा है?

कमरे में एक ओर अंगीठी जल रही थी। राजा साहब पलंग पर लेटे थे और एक ख़िदमतगार धीरे-धीरे उनके पाँव सहला रहा था। राजेश्वरी नीचे फ़र्श पर बैठी छालियाँ काट रही थी। चाँदी का पानदान सामने खुला रखा था। राजा साहब गंगा-जमुनी काम की गुड़गुड़ी पर अंबरी तम्बाकू पी रहे थे और धीरे-धीरे राजेश्वरी से बातें कर रहे थे।

राजेश्वरी की उम्र चालीस पार कर चुकी थी। बदन उसका कुछ भारी हो चला था, और माथे पर की लटों में चाँदी की चमक अपनी बहार दिखा रही थी। फिर भी उसकी पानीदार आँखों और मृदु मुस्कान में अभी-भी मोह का नशा भरा था।

राजेश्वरी ने कहा–सरकार ने यों नज़रें फेर लीं, मुद्दत हुई पैग़ाम तक न भेजा, सुनती रहती थी, हुज़ूर के दुश्मनों की तबीयत ख़राब रहती है। आखिर जी न माना, बेहया बनकर चली आई।

"मुझे निहाल कर दिया तुमने इस वक्त आकर राजेश्वरी दिल बाग़-बाग़ हो गया। क्या कहूँ, बहुत याद करता हूँ तुम्हें—मगर..."

"हुज़ूर की नज़रे इनायत पर मैंने हमेशा फ़ख्र किया है, और मरते दम तक करूँगी।"

"तुम जिओ राजेश्वरी, ईश्वर तुम्हें खुश रखे। यह मूज़ी बीमारी—क्या कहूँ, अब तो हिलने-डुलने से भी लाचार हो गया हूँ। पर अब यह सब उस भगवान् की दया है। फिर मुझे अपनी लाचारी का क्या ग़म है, जब तुम दुनिया की तमाम खुशी लेकर यहाँ आ जाती हो।"

राजेश्वरी ने चार बीड़ा पान बनाकर राजा साहब को अदब से पेश किए। राजा साहब ने मुस्कराकर पान लेकर मुँह में रखे।

ख़िदमतगार ने आकर अर्ज़ की—हुज़ूर, कुँवर साहब सलाम के लिए हाज़िर हुए हैं।

"आएँ वे"—राजा साहब ने धीरे-से कहा।

कुँवर साहब ने झुककर राजा साहब को सलाम किया और पैताने की ओर अदब से खड़े हो गए।

राजा साहब ने कहा—चाची को सलाम नहीं किया बेटे। कुँवर साहब ने आगे बढ़कर राजेश्वरी को सलाम किया, और दो कदम पीछे हट गए।

राजेश्वरी खड़ी हुई। आगे बढ़कर कुँवर साहब के पास पहुँची, उनके मुँह पर प्यार से हाथ फेरा, और दो अशर्फ़ियाँ निकालकर उनकी मुट्ठी में जबरन थमा दीं।

कुँवर साहब ने पिता की ओर देखा।

राजा साहब ने कहा—ले लो, और चाची को फिर मुकर्रर सलाम करो।

कुँवर साहब ने फिर झुककर सलाम किया। राजेश्वरी ने दोनों हाथ उठा कर आशीर्वाद दिया। राजा साहब ने इशारा किया और कुँवर साहब चले गए।

एक ठंडी साँस खींचकर राजा साहब ने कहा—इस निकम्मे बाप ने अपने बेटे के लिए भी कुछ न छोड़ा राजेश्वरी, मगर तसल्ली यही है कि ज़हीन है, पेट भर लेगा।

"हुज़ूर ऐसा क्यों फ़र्माते हैं। इन मुबारक हाथों से भीख पाकर लोगों ने रियासतें खड़ी कर ली हैं। दुनिया में दिल ही तो एक चीज़ है हुज़ूर, भगवान् भी यह सब देखता है। वह उस आदमी की औलाद पर बरकत देगा जिसने अपनी ज़िन्दगी में सब को दिया ही है, लिया किसी से भी कुछ नहीं।"

राजा साहब ने हाथ बढ़ाकर राजेश्वरी का हाथ पकड़ लिया। बहुत देर तक कमरे में सन्नाटा रहा। दो पुराने किन्तु पानीदार दिल मन-ही-मन एक-दूसरे को यत्न से संचित स्नेह से अभिषिक्त करते रहे।

आख़िर राजा साहब ने एक ठंडी साँस भरी, और गुड़गुड़ी में एक कश लगाया।

नवाब ननकू हाँफते हुए आ बरामद हुए। उनकी नाक पर की ऐनक नाक की नोक पर खिसक आई थी। आते ही उन्होंने ख़िदमतगार को एक डाँट दी—अरे कम्बख़्त, बदनसीब, अंगीठी में और कोयले क्यों नहीं डाले, वह बुझ रही है। नवाब साहब जब तक हुक्म न दें, ये नवाब के बच्चे काम न करेंगे। राजा साहब को दौरा हो गया, तो याद रख कच्च चबा जाऊँगा। उठ, जल्दी कोयले डाल।

ख़िदमतगार चुपके से उठ गया। नवाब ने ही-ही हँसते हुए कहा—देखा राजेश्वरी भाभी, ख़िदमतगार साले नवाब ननकू के आगे बन्दर की तरह नाचते हैं। मगर मुँह पर कहता हूँ, बिगाड़ दिया है राजा साहब ने, नौकरों को बहुत मुँह लगाना अच्छा नहीं।

''लेकिन नवाब, उन ग़रीबों को छह-छह महीने की तनख्वाह नहीं मिलती है, बेचारे मुहब्बत के मारे पड़े हैं।''

''तो इससे क्या? उनके बाप-दादों ने इतना खाया है कि सात पीढ़ी के लिए काफी है।''

''मगर उन्होंने ख़िदमत भी तो की है।''

''तो रियासतें भी तो पाई हैं।''

''अच्छा देखूँ तो, राजेश्वरी के लिए क्या-क्या चीज़ लाए हो।''

''देखिए और दाद दीजिए नवाब को?''

नवाब ने बोतल बगल से निकाली। और भी बहुत-सा सामान।

''अरे, यह इतनी खटपट किसलिए की नवाब साहब।'' राजेश्वरी ने कहा।

''जी, जैसे आप चिऊंटी के बराबर तो खाती ही हैं। फिर आईं कितने दिन बाद हैं राजेश्वरी भाभी। जानती हैं; राजा साहब कितना याद करते हैं। जब राजेश्वरी ज़बान पर चढ़ती हैं, आँखें गीली हो जाती हैं। अम्मीजान कहती थीं, बड़े महाराज का भी यही हाल थे, ज़रा-सी बात पर दिल भारी कर लेते थे।''

''वे देवता था नवाब साहब।''

''और ये?''

''ये; इन्हें पहचाना किसने है अभी।''

''दुनिया ऐसों को कभी न पहचान पाएगी।''

ख़िदमतगार अंगीठी टंच करके रख गया। नवाब साहबा ने खुश होकर कहा—यह बात है रामधन, मगर देखो, मैंने तुम्हें एक गाली दी है, और ये दो रुपये इनाम देता हूँ।

नवाब ने दो रुपये निकालकर रामधन की ओर बढ़ा दिए।

रामधन ने नवाब के पैर छूकर कहा—हुज़ूर, आपकी गालियाँ खाकर ही तो जी रहा हूँ। रुपया-पैसा सरकार का दिया हुआ बहुत है।

''मगर यह भी रख लो, महरिया को एक बढ़िया-सी चुनरी ला देना।''

''वह उस दिन हवेली गई थी सरकार, तो बेगम साहिबा ने जाने क्या-क्या लाद दिया था, गट्ठर भर लाई थी।'' नवाब ने तैश में आकर कहा—अबे, रुपये लेता है या मंतिख छाँटता है, क्या लगाऊँ धौल? रामधन ने रुपये लेकर उन्हें और राजा साहब को सलाम किया।

राजा साहब ने हँसकर कहा—देखा राजेश्वरी, नवाब का इनाम देने का तरीका।

नवाब खिलखिलाकर हँस पड़े। उन्होंने कहा—झपाके से तश्तरियाँ ला, गिलास ला, पैग ला। जल्दी कर।

क्षण-भर में ही सब साधन जुट गए। राजा साहब तकिए के सहारे उठंग गए। शराब का दौर शुरू हुआ। नवाब ने गिलास में सोडा और शराब भरकर कहा—राजेश्वरी, राजा साहब की तुंदरुस्ती और बरकत के लिए। तीनों ने हँसती हुई आँखें मिलाईं और शराब की चुस्कियाँ लेने लगे।

राजेश्वरी ने कहा—इस सरदी में बहुत दौड़-धूप की नवाब साहब! ''मान गईं न आप नवाब को, लीजिए इसी बात पर दूसरा पैग।''

''नहीं नवाब, मैं तो कभी पीती ही नहीं। बहुत मुद्दत हुई, जब से महाराज की तबीयत नासाज़ रहने लगी। आज मुद्दत बाद मुँह से लगा रही हूँ।''

''तो पूरी कसर निकालिए राजेश्वरी भाभी, नवाब को इस ठंडी रात में उस साले ठेकेदार से बहुत मगज़पच्ची करनी पड़ी। साला वही रद्दी माल पटील रहा था। मैंने कहा : वह बोतल निकाल जो उस दिन हमारे सरकार की ख़िदमत में गई थी। और यह कबाब, सच कहता हूँ राजेश्वरी भाभी, कस्बे में दूसरा नहीं बना सकता।''

''वाकई बहुत अच्छे बने हैं, मगर आप तो खाते ही नहीं नवाब साहब।''

''वाह, खिलाने में जो मज़ा है, वह खाने में कहाँ? देखा था अम्मी को,

वही एक शौक उन्हें मरते दम तक रहा—एक-से-एक बढ़कर चीज़ें बनाना और खिलाना।''

''मुझे याद है नवाब, मैं तब बहुत बच्ची थी, आपा के साथ आती थी, वे छोड़ती ही न थीं—खींच ले जाती थीं। जितना खिलाती थीं; क्या कहूँ।''

''मगर अब अम्मी तो हैं नहीं, नवाब उनका नालायक लड़का है, उसने विरासत में अम्मी की वह आदत पाई है। लीजिए, यह पैग तो पीना होगा।''

''मगर उधर तो देखो नवाब, महाराज ने सिर्फ़ होंठों से छूकर ही गिलास रख दिया है, पी कहाँ?''

''क्या कहूँ, राजेश्वरी, तकलीफ़ देती है, पी नहीं सकता। डॉक्टरों ने भी मना कर दिया। मगर तुम पियो राजेश्वरी, आज मैं बहुत खुश हूँ। लाओ नवाब राजेश्वरी को एक पैग मैं भरकर दूँ।''

''और हुज़ूर, एक नवाब को भी।''

''ओ, यह कब से? तुम तो कभी पीते नहीं थे।''

''आज ही से, अभी-अभी एक पैग पिया है मैंने।''

राजा साहब ने दो पैग तैयार किए। गिलास में भरकर कहा—लो राजेश्वरी, और तुम भी नवाब।

''वाह, हुज़ूर, यों नहीं, ज़रा-सा जूठा कर दीजिए कि यह जाम पाक तबर्रुक हो जाए।'' नवाब ने कहा।

राजा साहब हँस दिए। उन्होंने नवाब का हाथ पकड़कर और खींचकर छाती से लगा लिया। फिर आँखों में आँसू भरकर कहा—ननकू, मेरे प्यारे भाई, हमारी माँ दो थीं, मगर वालिद एक थे। फिर भी तुम मेरे सगे भाई हो। ऐसे, जैसा दूसरा मिलना मुश्किल है। और ननकू, मैं सिर्फ़ प्यार की बदौलत ही जी रहा हूँ। उन्होंने प्याला होंठों से छुआकर नवाब को दिया और नवाब गटागट पी गए। उनकी आँखों में आँसू और होंठों में हँसी बिखर रही थी।

नवाब ने कहा—राजेश्वरी भाभी, बहुत दिन से सूने-सूने दिन जा रहे थे। आज तो कुछ जँच जाए।

''मगर नवाब, गले में अब सुर तो रहे ही नहीं।''

''बेसुरा ही सही।''

महाराज ने हँसकर कहा—राजेश्वरी, आज नवाब को बहुत मेहनत करनी पड़ी है, उसकी बात रख लो।

''जो हुक्म, मगर मेरी एक अर्ज़ है।''

"कहो।"

"नवाब साहब को जो तबर्रुक बख्शा गया है, वही लौंडी को भी इनायत हो।"

"ओह, अच्छा ठहरो, सब्र करो।"

नवाब ने इशारा किया। रामधन तबला, हारमोनियम ले आया।

हारमोनियम नवाब खींच बैठे, और रामधन ने चारों ओर तकिए लगाकर राजा साहब को आराम से बैठाकर तबले उनकी गोद में रजाई में लपेटकर रख दिए। अंबरी की तमाखू की एक नई चिलम चढ़ा दी। तबले पर हल्की चोट देते हुए राजा साहब ने कहा—राजेश्वरी, अभी उँगलियों पर लकुए का असर नहीं है, काम दे रही हैं।

राजेश्वरी ने चुपचाप आँखों में प्यार भरकर राजा साहब पर उड़ेल दिया और आलाप लिया। हारमोनियम पर नवाब की अभ्यस्त उँगलियाँ नाचने लगीं, और तबले पर मृदु-मन्द ताल नृत्य करने लगा।

राजेश्वरी की प्रौढ़ स्वर-लहरी ने वातावरण में एक प्यास उत्पन्न कर दी। यह वैसी न थी, जैसी वासना और यौवन की आँधी के झोंकों में मिली रहती है। यहाँ तीन प्रेमी विश्वस्त, पुराने और ऊँचे हृदय, अपने भौतिक आनन्द की चरम अनुभूति ले रहे थे। वे लोग आप ही अपनी कला पर मुग्ध थे, आप ही अपनी तारीफ़ कर रहे थे, आप ही अपने में पूर्ण थे।

"तो हुज़ूर, अब कब?"

"जब मर्ज़ी हो राजेश्वरी।"

"तबीयत होती है कि कुछ दिन कदमों में रहूँ।"

"मैं भी चाहता तो हूँ राजेश्वरी, पर तुम्हारी तकलीफ़ का ख्याल करके चुप रह जाता हूँ। देखती हो, मकान कितना गंदा है, सिर्फ़ दो ही ख़िदमतगार हैं। इन्हें भी महीनों से तनख्वाह नहीं मिलती, पर पड़े हुए हैं। तुम इन तकलीफ़ों की आदी नहीं हो।"

"मगर हुज़ूर, क्या मैं उन ख़िदमतगारों से भी गई-बीती हूँ?"

"नहीं, नहीं राजेश्वरी, मैं तुम्हें जानता हूँ।"

"मगर हुज़ूर अपने को नहीं जानते, मेरी वह कोठी, जायदाद, नौकर-चाकर सब किसकी बदौलत हैं, हुज़ूर ने जो पान खाकर थूक दिया उसी की बदौलत। अब हुज़ूर ग़रीब हो गए तो पुराने ख़ादिम क्या बेगाने हो जाएँगे?"

राजेश्वरी की आँखें भर आईं। कुछ ठहरकर उसने कहा—शर्म के मारे मैं

ख़िदमतगारों को नहीं लाई, इस टुटहे इक्के पर आई हूँ। मैं कैसे बर्दाश्त कर सकती थी कि मालिक जब इस हालत में हों तो उनकी बांदियाँ ठाठ दिखाएँ।

"नहीं नहीं, राजेश्वरी, यह बात नहीं। पर मैं अपनी आँखों से तुम्हें तकलीफ़ पाते देख नहीं सकता। कभी देखा ही नहीं।"

"इसी से हुज़ूर, मुझे अभी ज़बर्दस्ती भेज रहे हैं, मेरी नहीं सुनते।"

"इसी से राजेश्वरी।"

"और इस लौंडी का कभी कोई तोहफ़ा भी नहीं कबूल करते? उस बार जब ज़नाना महल नीलाम हो रहा था, मैंने कितनी आरज़ू की थी कि मुझे रुपया चुकता कर देने दीजिए। पुरखों की यादगार है, सब रियासत गई। मगर रहने का महल...आप मेरे आँसुओं से भी तो नहीं पसीजे हुज़ूर, आप बड़े बेदर्द हैं।"

राजेश्वरी फूटकर रो पड़ी, और राजा साहब के सीने पर गिर गई। राजा साहब, उसके सिर पर हाथ फेरते रहे। फिर कहा—तुम भी बच्ची हो गई हो राजेश्वरी, अब भला उतना बड़ा महल मैं क्या करता? अकेला पंछी। फिर उसमें अब खुल गया ज़नाना अस्पताल, कितने लोगों का भला होता है। बोर्ड ने ख़ामख़ाह मेरा नाम अस्पताल के साथ जोड़ दिया है।

"जी हाँ ख़ामख़ाह ही। वह लाखों की स्टेट जो कौड़ियों में दे दी। और अब हुज़ूर इस किराए के मकान में बहुत खुश हैं।"

"बहुत खुश, राजेश्वरी, बहुत खुश। न ऊधो का लेन, न माधो का देन। लेकिन बहुत देर हो रही है राजेश्वरी, गाड़ी पकड़नी है। स्टेशन काफी दूर है, और रास्ता बड़ा ख़राब है। तुम्हारा इक्का आ गया?"

"धक्के दीजिए मुझे, बुढ़िया जो हो गई हूँ, अब आप यही तो करेंगे।"

राजा साहब असंयत होकर पलंग से आधे उठ गए। राजेश्वरी को खींचकर छाती से लगा लिया। फिर प्यार से उसके गंगाजमुनी बालों की लटों को उँगलियों में लपेटते हुए कहा—बुड्ढा-बुढ़िया कौन होता है राजेश्वरी, मेरी आँखों में तुम वही—नए केले के पत्ते से रूपवाली, अछूते यौवन और अपार प्यार वाली, मेरे दिल और दिमाग़ की तरावट राजेश्वरी हो। तुम या मैं भले ही बूढ़े हो जाएँ, लेकिन इन आँखों में झाँककर जिसने तुम्हें देखा है, वह बूढ़ा नहीं और तुम्हारे भीतर बैठकर जो एक-एक मोती तुम्हारी आँखों में सजाता जा रहा है, वह भी बूढ़ा नहीं।

राजेश्वरी धीरे-धीरे राजा साहब के मुँह के बिलकुल पास फ़र्श पर बैठ गई। रामधन अंबरी तमाख़ू चढ़ाकर गुड़गुड़ी रख गया। राजा साहब चुपचाप तमाखू पीने लगे। तमाखू की खुशबू ने कमरे को मस्त कर दिया।

राजेश्वरी ने कहा—हुज़ूर वादा-वक़्फ़ हो।

राजा साहब ने भौंहें सिकोड़कर राजेश्वरी की ओर देखकर कहा—वादा?

"जी?"

"क्या?"

"तबर्रुक।"

"ओह, भूली नहीं राजेश्वरी।"

"भूलने की एक ही कही, कब से आस लगाए हूँ। नवाब के सामने फिर नहीं कहा।"

राजा साहब कुछ देर चुपचाप गुड़गुड़ी पीते रहे। फिर कहा—ज़रा और पास आओ तो राजेश्वरी।

राजेश्वरी बिलकुल राजा साहब के मुँह के पास खिसक आई।

राजा साहब ने गुड़गुड़ी की सोने की मूनाल उसके होंठों से लगाकर कहा—एक कश खींचो तो राजेश्वरी।

"लेकिन, लेकिन हुज़ूर—"

"ऐन खुशी होगी, खींचो एक कश।"

राजा साहब की आँखों में प्यार का सारा ही रस उमड़ आया। राजेश्वरी ने आनन्द-विभोर होकर गुड़गुड़ी से कश खींचा।

"खुश हुई अब राजेश्वरी।"

"ओह, हुज़ूर, कहीं खुशी से मेरी छाती न फट जाए। हुज़ूर ने गुड़गुड़ी-ख़ास इनायत करके मेरी सात पीढ़ियों को तार दिया।"

राजा साहब ने ख़िदमतगार से कहा—रामधन, चिलम ठंडी कर दे और गुड़गुड़ी उस अख़बार में लपेटकर इक्के में रख आ।

राजेश्वरी का मुँह सूख गया। उसने कहा, यह आप क्या कर रहे हैं?

"मेरा दिल बाग़-बाग़ है, दुलखो मत।"

"मगर हुज़ूर..."

"मैं हुक्म देता हूँ—मत बोलो।"

राजेश्वरी का सिर नीचे को झुक गया। उसने खड़े होकर झुककर राजा साहब को सलाम किया और रोती हुई चली गई। राजा साहब चित्त अपने पलंग पर पत्थर की मूर्ति की भाँति निश्चल-निर्वाक् पड़े रहे।

"यह क्या तमाशा है रामधन, महाराज मिट्टी की गुड़गुड़ी में तमाखू पी रहे हैं? गुड़गुड़ी-ख़ास क्या हुई?" नवाब ने कमरे में आते ही हैरान होकर पूछा। रामधन

चुपचाप खड़ा रहा। उसे बाहर जाने का इशारा करते हुए राजा साहब ने मुस्कराकर कहा—यहाँ आओ नवाब, मैं बताता हूँ।

नवाब ननकू एकदम पलंग के पास जा खड़े हुए, राजा साहब ने हँसकर कहा—बैठो।

"मगर मैं पूछता हूँ गुड़गुड़ी-ख़ास क्या हुई?"

"बैठो तो कहूँ।"

नवाब ने बैठकर कहा—कहिए।

राजा साहब ने रज़ाई से हाथ बाहर निकालकर नवाब का हाथ पकड़ लिया। कहा—नाराज़ न हो नवाब, राजेश्वरी को दे दी।

"क्या उन्होंने माँगी थी?"

"नहीं, मगर उसे ख़ाली हाथ कैसे जाने देता। तुम देखते ही हो, ख़ानदान की वही एक चीज़ मेरे पास बची थी।"

नवाब कुछ देर होंठ चबाते रहे, फिर बोले—मगर आप मिट्टी की गुड़गुड़ी में तमाखू नहीं पी पाएँगे। मैं गुड़गुड़ी लाता हूँ।

"कहाँ से?"

"घर से।"

"कहाँ पाई।"

"अम्मीजान की है, बड़े महाराज ने बख़्श दी थी। मेरे पास यह अब तक पाक धरोहर थी। अब आज काम आएगी।"

राजा साहब ने कहा—बड़े महाराज ने जो चीज़ बख़्श दी, वह मैं वापस कैसे ले सकता हूँ।

"तो अब हुज़ूर नवाब को जीने न देंगे?"

राजा साहब हँस दिए। मीठे स्वर से बोले—ख़ैर, इस अम्र पर पीछे ग़ौर कर लिया जाएगा। पर मिट्टी की गुड़गुड़ी में तंबाकू बहुत मीठा लगता है नवाब। हाँ, यह कहो—रात सामान कैसे जुटाया था। मैं जानता हूँ तुम्हारे पास छदाम न था।

"जुट गया यों ही, नवाब हूँ, कोई अदना आदमी नहीं।"

"मगर सच-सच कहो।"

"झूठ से क्या फ़ायदा? चालीस रुपये बाबू साहब से लिए थे।"

"बड़ी तकलीफ़ दी उन्हें। अब ये रुपये दिए कैसे जाएँ।"

"जल्दी नहीं है सरकार, रहन पर लाया हूँ—यों ही नहीं, जब हाथ खुला होगा, दे देंगे।"

"रहन क्या रक्खा?"

"एक अदद था।"

"क्या अदद, बताओ।"

"आप तो धांधली करते हैं, आपको मतलब?"

"तुम्हें मेरी कसम नवाब।"

"ओफ़।"

"कहो-कहो।"

"अम्मी का लहंगा था।"

राजा साहब निश्चल पड़ गए। उनकी आँखों की दोनों कोरों से आँसू बह रहे थे और उनका काँपता हुआ हाथ नवाब के हाथ में था।

ककड़ी की कीमत

यह दिल्ली के बीते हुए दिनों के एक रईस की इज़्ज़त की हृदयग्राही कहानी है।

आज तो दिल्ली का सब रंग-ढंग ही बिगड़ गया है। बाज़ार में, मकानों में, चाल-ढाल में, सड़कों में, सबमें विलायतीपन आ गया है। जब से दिल्ली भारत की राजधानी बनी है और नई दिल्ली की चकाचौंध को मात करने वाली विचित्र नगरी बसी है, तब से दिल्ली यद्यपि पंजाब से पृथक् अलग सूबा बन गया है, फिर भी उसमें बुरी तरह से पंजाबीपन भर गया है। नई दिल्ली जब बस रही थी तब ढेर के ढेर पंजाबी सिक्ख और सभी उत्साही लोग—जिन्होंने पंजाब के गेहूँ और उर्द एवं चने खाकर अपने शरीरबल को खूब वृद्धि दी है—नई दिल्ली पर चढ़ दौड़े। ठेकेदार से लेकर साधारण मज़दूर तक साहसी पुरुष भर गए। उन्होंने नई दिल्ली में प्रारम्भ में कौड़ियों के मोल ज़मीन ली और बस गए। अब नई दिल्ली में वे सरदारजी होकर मोटर में दौड़ते हैं; वीरभोग्या वसुंधरा। दिल्ली के महीन आदमी न जाने कहाँ खो गए। अब जगह-जगह होटल खुल गए हैं। लाइन-की-लाइन ख़ालसा होटलों की दुकानें आप दिल्ली के बाजारों में देख सकते हैं, जहाँ झटका पकने का साइनबोर्ड लगा होगा। और वहाँ अनगिनत सरदारगण बड़े-बड़े साफ़े बाँधे, लम्बी दाढ़ी फटकारे, कोट-पेंट बूट डाटे, खाट या टेबुल पर बैठे रोटियाँ खाते दीख पड़ते हैं। छुआछूत को तो इन्होंने डंडे मारकर दिल्ली से नज़ाकत के साथ दूर ही कर दिया है। शाम को आप ज़रा चाँदनी चौक में एक चक्कर लगाइए। पंजाबी युवतियाँ और प्रौढ़ाएँ बारीक दुपट्टा माथे पर डाले, सलवार डाटे, मुँह खोले बेफ़िक्री से कचालू वाले के इर्द-गिर्द बैठकर कचालू-आलू खाती नज़र आएँगी।

कभी-कभी ब्याह-शादी के जलूसों में जौहरियों की वह देहलवी नुक्केदार पगड़ियाँ कुछ पुराने सिरों पर नज़र आ जाती थीं, परन्तु नीमास्तीन अंगरखे, वसली के जूते, दुपल्ली दो माशे की टोपी, बगल में महीन शर्बती का दुपट्टा तो बिलकुल हवा हो गए हैं। सरदे के दामन और सफेद शर्बती की चादरें लपेटे अब दिल्ली की ललनाएँ नहीं दीख पड़तीं। न अब वे जड़ाऊ ज़ेवर ही उनके बदन पर दीख पड़ते हैं जिनकी बदौलत दो हज़ार जड़िए और पाँच हज़ार सुनार दिल्ली से अपनी रोज़ी चलाते थे। अब तो बारीक क्रेप की फ़ैशनेबिल साड़ियाँ, उन पर नफ़ासत से कढ़ी हुई बेलें, बिना आस्तीन के जंपर, जिनमें से आधी छाती और समूची मृणाल-भुजाएँ खुला खेल खेलती हैं, साथ में ऊँची एड़ी के रंग-बिरंगे सेंडिल-जूते—चाँदनी चौक में देखते-देखते आँखें थक जाती हैं। देश की इन पर्दाफ़ाश बहिनों में सुशिक्षिताएँ तो बहुत की कम हैं। ज्यादातर मोर का पंख खोंसकर मोर बनने वाले कौए जैसी हैं। इसका पता उनके चेहरे पर पुते हुए फूहड़ ढंग के पाउडर से, होंठों में खूब गहरे लगे गुलाबी रंग से, तीव्र सेंट से तराबोर चटकीले रूमाल से, बालों में चमचमाते नकली जड़ाऊ पिनों से अनायास ही लग जाता है। कभी-कभी तो इन अधकचरी मेम-साहिबा की कोमल कलाइयों में दिल्ली फ़ैशन के सोने के दस्तबन्दों और अनगिनत चूड़ियों के बीच फ़ैन्सी रिस्टवाच तथा पैरों के ज़ेवरों पर एड़ी का सैण्डिल शू मन में अजब हास्य उत्पन्न करता है, ख़ासकर उस हालत में जबकि उनके पालतू पति महाशय पतलून पर लापरवाही से स्वेटर और कोट डाले उनके पीछे-पीछे उनकी ख़रीदी चीज़ों का बंडल लिए बड़े उल्लास से चलते-फिरते और मुसाहिबी करते नज़र आते हैं।

38 वर्ष हुए। उस समय दिल्ली के चाँदनी चौक में अब जहाँ अगल-बगल चलने वालों के लिए पटरियाँ बनी हैं। वहाँ सड़कें थीं। सड़कें कंकड़ की थीं। उनमें बहली, मझोलियाँ, इक्के सरपट दौड़ा करते थे। दोनों समय उन सड़कों पर छिड़काव हुआ करता था। बीचोंबीच अब जहाँ चमचमाती सीमेंट की पुख्ता सड़क है, वहाँ नहर पर पटरी बनी थी। उसके दोनों ओर खूब घने वृक्षों की छाया थी। ज्येष्ठ-वैशाख की दोपहरी में भी वहाँ शीतल वायु के झोंके आया करते थे। उस पटरी पर बड़ी-बड़ी भीमकाय बेंतों की छतरियाँ लगाए खोंचे वाले अपनी-अपनी छोटी-छोटी दुकानें लिए बैठे रहते थे। उनमें बिसाती टोपी वाले, टुकड़ी वाले, घी के सौदे वाले, दही-बड़े वाले, चने की चाट वाले, कचालू वाले, मेवाफ़रोश तथा फल वाले सभी होते थे। उनसे भी छोटे दुकानदार अपनी छोटी-सी दुकान को

किसी टोकरी में सजाए, गले में लटकाए घूम-फिरकर सौदा बेचा करते थे। सैकड़ों आदमी उन वृक्षों की घनी छाया में पड़े हुए थकान उतारा करते थे। घंटाघर के सामने कमेटी की संगीन इमारत के आगे अब जहाँ महारानी विक्टोरिया की मूर्ति रखी हुई, वहाँ काले पत्थर का एक विशालकाय हाथी खड़ा था, जिसे जयमल फत्ते का हाथी कहकर बूढ़े आदमी उस पटरी पर वृक्षों की ठंडी छाया में लेटे उनींदी आँखों में ख़मीरी तंमाखू का मद भरे भाँति-भाँति के किस्से-कहानी कहा करते थे। दिल्ली के निवासियों की बोली में एक अजीब लोच था। खोंचेवालों की आवाज़ें भी एक-से-एक बढ़कर होती थीं। सब्ज़ी-तरकारियों में जो पहले चलती, वही दिल्ली के रईस खाते थे। भिंडी और करेले जब तक रुपये सेर बिकते थे, कच्ची आम की कैरियाँ जब तक बारह आने सेर बिकती थीं, तभी तक वे दिल्लीवालों के खाने की चीज़ समझी जाती थीं। सस्ती होने पर उन्हें कोई नहीं पूछता था। बेर के मौसम में लोग बेरों को चाकू से छीलकर उन पर चाँदी का वर्क लपेटकर खाते थे। लताफत और नज़ाकत हर-एक बात में थी। जैसे वे महीन आदमी थे, वैसे ही उनका रहन-सहन भी था।

फागुन लग गया था। वसंत पुज चुका था। सर्दी कम हो गई थी। वासंती हवा मन को हरा कर रही थी। बाज़ार में नर्म-नर्म पतली ककड़ियों के कूजे बिकने आने लगे थे। पर उनके दाम काफी महँगे थे इसलिए यह रईसों का ककड़ी खाने का मौसम था। एक जवान कुंजड़ा सिर पर नारंगी साफ़ा बेपरवाही से बाँधे, बदन पर तंज़ेब का ढीला कुर्ता पहने, गले में सोने की छोटी-सी तावीज़ काले डोरे में लटकाए, आँखों में सुरमा और मुँह में पानों की गिलौरियाँ दबाए कमर में चौखाने का तहमत और पैर में फूलदार सलेमशाही आधी छटांक का जूता पहने ककड़ियाँ बेचता पटरी पर मस्तानी अदा से घूम रहा था। उसके हाथ में झाऊँ की एक सूफ़ियानी चौड़ी टोकरी थी। उस पर केले के हरे पत्तों पर गुलाब के फूलों के बीच ककड़ी के दो रवे रखे थे। टोकरी उसके दाहिने हाथ में अधर धरी थी। वह अपनी मस्त आँखों से इधर-उधर घूरता झूमती-झूमती ललकती भाषा में आवाज़ लगाता था—नाज़ुक ये ककड़ियाँ ले लो...लैला की उँगलियाँ ले लो...मजनूं की पसलियाँ ले लो। नाजुक ये ककड़ियाँ ले लो।

पीछे से आवाज़ आई—ककड़ी वाले, ज़रा वरे को आना। उसी भाँति मस्तानी अदा से पुकारता हुआ ककड़ीवाला पीछे को फिरा। पुकारनेवाला कहार था। वह

एक बुड्ढा आदमी था। उसकी सफेद-सफेद बड़ी मूँछें, पक्का रंग, लट्ठे की मिर्जई, दुप्पली टोपी और चौखाने का अंगोछा कन्धे पर पड़ा हुआ था।

ककड़ियों को देखकर उसने कहा—सिर्फ दो ही रवे हैं?

"अभी ककड़ियाँ कहाँ? वह तो कहो, मैं चार रवे लाया था। दो बिक गए, दो ये हैं। लेना हो तो लो, मोलभाव का काम नहीं, चवन्नी लूँगा।"

बूढ़ा कहार अभी नहीं बोला था। एक युवक ने तीव्र आवाज़ में कहा—अठन्नी ले लो जी, ककड़ियाँ हमें दो।

पहलवान युवक भी कहार था। उसकी मसें अभी भीगी थीं। भुजदंडों में मछिलयाँ उभर रही थीं। उसने हेरती हुई आँखों से बूढ़े कहार की ओर देखा और अठन्नी टन से झाबे में फेंक दी।

"सौदा हमसे हुआ है जी, ककड़ियाँ हम लेंगे। यह लो एक रुपया। ककड़ियाँ हमें दो।"

कुंजड़ा क्षण-भर स्तम्भित रहा। उसने प्रश्नवाचक दृष्टि से युवक की ओर देखा। युवक ने कहा—कुछ परवाह नहीं, हम दो रुपये देंगे।

"हम पाँच रुपये देते हैं।"

"हम दस देते हैं।"

"यह लो बीस रुपये। ककड़ी तो हम ख़रीद चुके।"

"पच्चीस हैं ये, ककड़ी हमने ले लीं।"

"हमने तीस दिए।"

युवक के माथे पर बल पड़ गए। उसने कहा—हम पचास में ख़रीदते हैं। लाओ ककड़ियाँ इधर दो।

बूढे कहार ने हँस दिया और अवज्ञा की दृष्टि से युवक की ओर देखकर ज़रा सीधा खड़ा होकर उसने तेज़ स्वर में कहा—मैंने सौ रुपये में दोनों ककड़ियाँ ख़रीद लीं।

युवक कहार क्षणभर घबराई दृष्टि से बूढ़े की ओर देखता रहा। बूढ़े ने विजयगर्वित दृष्टि से उसे घूरते हुए कहा—दम हो तो बढ़ो आगे। ककड़ियाँ पाँच हज़ार तक मेरे यहाँ जाएँगी।

सैकड़ों आदमी इकट्ठे हो गए थे। युवक लज्जा और क्रोध से भरकर चुपचाप चल दिया। सैकड़ों कंठों से नारा बुलन्द हुआ—वाह भई, महरा, क्यों न हो? आख़िर तू है किस घराने का नौकर, जो इस समय दिल्ली की नाक है। शाबाश।

बूढ़े ने कमर से रुपये खोलकर गिन दिए। ककड़ियाँ लीं और इस भाँति अपने मालिक के घर को चला, जैसे वह एक राज्य विजय कर लाया हो।

बूढ़े ने अपने मालिक लाला जगत्नारायणजी के सामने जाकर फूलों और केले के पत्तों में लिपटी हुई ककड़ियाँ रख दीं। शाम हो चली थी।

लालाजी ने पूछा—क्या दो ही मिलीं?

"जी हाँ, बाज़ार भर में दो ही ककड़ियाँ थीं जिन्हें आपका सेवक सौ रुपये में ख़रीद लाया है।"

इसके बाद कहार ने जो घटना बाज़ार में घटी थी, सब कह सुनाई। लाला ने सब सुना। क्षणभर वे स्तम्भित रहे। क्षणभर बाद उन्होंने अपने गले से सोने का तोड़ा उतारकर बूढ़े के गले में डाल दिया और उसके बदन को दुशाले से लपेटकर स्वयं भी उससे लिपट गए। उनकी आँखों से आँसुओं की धारा वह निकली। उन्होंने गद्गद् कंठ से कहा—शाबाश मेरे प्यारे रामदीन, तुमने बाज़ार में मेरी प्रतिष्ठा बचा ली। इसके बाद उन्होंने चाँदी की तश्तरी में ककड़ियों को उन्हीं गुलाब के फूलों में रखकर ऊपर कमख़्वाब का रूमाल ढाँककर कहा—जाओ, लाला शिवप्रसाद जी से मेरा जयगोपाल कहना, और कहना कि आपके सेवक ने यह प्रेम की सौगात भेजी है और हाथ जोड़कर अर्ज़ की है कि स्वीकार करके इज़्ज़त अफ़ज़ाई करें।

युवक से सब घटना सुनकर शिवप्रसादजी चुपचाप मसनद पर लुढ़क गए। मुँह की गिलौरी उन्होंने थूक दी। नौकर-चाकर चिन्तित हुए। पर कोई कुछ कह नहीं सकता था। थोड़ी ही देर में बूढ़े रामदीन ने आकर अदब से आगे बढ़कर तश्तरी लाला शिवप्रसादजी के सामने रख दी और हाथ जोड़कर अपने मालिक का सन्देश भी निवेदन कर दिया। लाला शिवप्रसादजी चुपचाप एकटक तश्तरी में रखी दोनों ककड़ियों को देखते रहे। कुछ देर बाद उन्होंने ककड़ियाँ भीतर भिजवा दीं और तश्तरी अशर्फ़ियों से भरकर कहा—यह तुम्हारा इनाम है। लाला जगत्नारायणजी से हमारा जयगोपाल कहना।

बूढ़े रामदीन ने झुककर सलाम किया और चला आया।

दूसरे दिन सूर्योदय के साथ ही सारे शहर में खबर फैल गई कि नगर के प्रसिद्ध रईस लाला शिवप्रसादजी ने ज़हर खाकर जान दे दी। वे एक पुर्ज़े पर यह लिखकर रख गए कि बाज़ार-में मेरी इज़्ज़त किरकिरी हो गई। अब मैं दुनिया में मुँह नहीं दिखा सकता।

ऊपर जिन दो प्रतिष्ठित रईसों के नाम दिए गए हैं वे काल्पनिक हैं। आज भी ये दोनों घराने दिल्ली में उसी भाँति प्रतिष्ठित हैं। हाँ, जिनका नाम जगत्‌नारायण कल्पित दिया गया है, उनके घर से लक्ष्मी रूठ गई है। आज वह विशाल हवेली टूट-फूटकर खंडहर हो गई है। उसमें जो एकाध कमरा बचा है उसमें अनेक उत्तराधिकारी बड़े कष्ट से काल-यापन करते हैं। नीचे के खंड के खंडहरों में छोटे दर्जे के किराएदार रहते हैं, जिनकी आमदनी पर ही उनका निर्वाह निर्भर है।

कहानी ख़त्म हो गई

एक असहाय विधवा के पतन की दर्दनाक कथा, जिसे नीचे धकेलने में समाज ने चेष्टा की परन्तु पाप और अपराध की गठरी उसी के सिर बँधी।

चाय आने में देर हो रही थी। और मेरा मिजाज़ गर्म होता जा रहा था। आप तो जानते ही हैं, मैं इन्तज़ार का आदी नहीं। फिर चाय का इन्तज़ार।

मेजर वर्मा ने यह बात भाँप ली, उन्होंने एक हिट दिया। बोले—चौधरी, उस औरत का फिर क्या हुआ?

क्षणभर के लिए चाय पर से मेरा ध्यान हट गया, एक सिहरन-सी सारे शरीर में दौड़ गई, जैसे बिजली का तार छू गया हो। मैंने चौंककर मेजर की ओर देखा। पर जवाब देते न बना, बात मुँह से न फूटी। अजीब बेचैनी मैं महसूस करने लगा।

लेकिन मेजर वर्मा जैसे अपने प्रश्न का उत्तर लेने पर तुले हुए थे। वे एकटक मेरी ओर देख रहे थे। प्रश्न का मेरे ऊपर जो असर हुआ था, उसे मित्र-मंडली ने भी भाँप लिया। वे लोग अपनी गपशप में लगे थे, पर विंग कमांडर भारद्वाज ने हँसकर कहा—कौन औरत भई, उसमें हमारा भी शेअर है।

भारद्वाज की हँसी में न मैंने साथ दिया न मेजर वर्मा ने। वर्मा की उत्सुकता उनकी आँखों से प्रकट हो रही थी। मैं उनकी आँखों से आँख न मिला सका। आप ही मेरी आँखें नीचे को झुक गईं। मैंने धीरे से कहा—मर गई।

मेजर को छाती में जैसे किसी ने घूँसा मारा। उन्होंने एकदम कुर्सी से उछलकर कहा—अरे, कब?

''कल सुबह''—मैंने धीरे-से कहा।

मित्र-मंडली की गपशप एकदम बन्द हो गई। वे सब मेरी ओर देखने लगे।

वातावरण एकदम गम्भीर हो गया। मेरे चेहरे पर जो वेदना की रेखाएँ उभर आई थीं, उन्होंने सभी को अभिभूत कर दिया। सबसे अधिक फ़ील किया मिसेज शुक्ला ने। उन्होंने मेरी ओर खिसककर अपने नंगे कन्धे मेरे कन्धों से छुआ दिए, फिर धीरे-से पूछा—कौन थी?

"थी एक," एक गहरी साँस लेकर मैंने कहा।

"क्या बीमार थी?"

"बीमार कोई और था, लेकिन मर गई वह।" मेरा जवाब असाधारण था, और मैं एकाएक उत्तेजित और असंयत हो उठा था। मेजर भी जैसे मेरे जवाब से जड़ बन गए थे। इसी से इस औरत के सम्बन्ध में सभी की जिज्ञासा जाग गई।

वेटर कब चाय रख गया, इसका ज्ञान भी हममें से किसी को नहीं हुआ। भारद्वाज ने कहा—यह तो बहुत ही सीरियस केस मालूम पड़ता है।

मेजर वर्मा ने बीच ही में बात पकड़ ली। उन्होंने कहा—सीरियस होने में क्या शक है। लेकिन हुआ क्या?

"क्या पूरा ही किस्सा सुना दूँ?" मैंने कुछ दर्द भरे स्वर में कहा। मेरे कहने का ढंग शायद कुछ प्रभावशाली था। सभी मेरे मुँह की ओर देखने लगे। भारद्वाज ने कहा—ज़रूर-ज़रूर। पूरा की किस्सा सुनाइए।

मिसेज शर्मा ने चा' का प्याला तैयार किया, मेरी ओर बढ़ाया, कहा—लीजिए, एक सिप लीजिए।

मैंने दो सिप लिए और प्याला एक ओर टेबुल पर रख दिया। फिर मैंने कहा—आप लोग समझते होंगे, ज्यादातर ट्रेजेडी शहरों में होती है, क्योंकि वहाँ संघर्ष है, दिमाग़ है, कानून है, रुपया है, शान है।

सब चुपचाप सुनते रहे। मैं आगे क्या कहना चाहता हूँ, इसी पर सब का ध्यान केन्द्रित था। मैंने कहा—लेकिन हमारे देहातों में भी कभी ऐसी ट्रेजेडी हो जाती है जो मनुष्यता और सभ्यता को एक करारा चैलेंज देती है। वहाँ रुपया नहीं है, दिमाग़ नहीं है, कानून नहीं है, शान नहीं है, केवल दिल है।

कमांडर भारद्वाज उछल पड़े। ज़ोर-ज़ोर से बोले—अरे यार, तो यह कोई दिलवाला मामला है। तब मैं जरूर सुनूँगा। उन्होंने सिगरेट का एक गहरा कश लिया। भारद्वाज का यह गुंडा जैसा टोन मुझे पसन्द न आया। वास्तव में मेरा मूड कुछ दूसरा ही था—मैंने एक व्यंग्यबाण छोड़ा, कहा—क्यों नहीं, आप दिलफेंक जो ठहरे। पर यह कहानी दिलवालों की है।

भारद्वाज उतर गए। पर झेंप की हँसी हँसते हुए बोले—सुनाओ यार, यहाँ दिलवाले भी बैठे हैं।

और एक सिप चा' का लिया। फिर मेजर वर्मा की ओर मुख़ातिब होकर कहा—आपने तो उसे पुलिस की हिरासत में ही देखा था न?

मेजर ने कहा—जी हाँ, ओह, उस दिल हिला देनेवाले वाकए को तो मैं ज़िन्दगी भर भूल नहीं सकता। ख़ासकर वह घटना जब पुलिस के अफ़सर ने तरबूज़ की मिसाल देकर वह झोला मेरे सामने उलट दिया था। तोबा-तोबा।।

मिसेज़ शर्मा एकदम बौखला उठीं, बोलीं—अजी, पहेली न बुझाइए, किस्सा सुनाइए। हुआ क्या?

मेजर की आँखें भय से फटी-फटी हो रही थीं। जैसे अभी-भी वे इस झोले से बाहर हुई चीज़ को देख रहे थे। मैंने उन्हीं को लक्ष्य कर कहा—उस वक्त तक भी पूरा किस्सा मुझे मालूम न था, सारी बातें तो पीछे मुझे मालूम हुईं। पर तब तो वह मर ही चुकी थी। अपने पर शर्मिंदा होने और अफ़सोस करने के अलावा हम कर ही क्या सकते थे?

बहुत देर तक मेरे मुँह से बात न फूटी। कितनी ही बातें—कल्पना और सत्य की—मेरे मानस-नेत्रों में नाच उठीं, सच पूछिए, तो मैं अभी तक उस घटना से मर्माहत न था, अभी—एक दिन पहले ही की घटना थी। घाव ताज़ा था। इस क्षण उसकी वे आँखें, आँखों की वह वेदना, निराशा और सारी ही मानव-सभ्यता को धिक्कार करने का सन्देश, जो मृत्यु के समय उसके निस्पन्द होंठ दे रहे थे, मेरे नेत्रों में आ खड़े हुए। मेरा कंठ रुक गया।

मिसेज़ शर्मा बहुत विचलित हो गईं। उन्होंने कहा—जाने दीजिए, यदि आपको वह किस्सा सुनाने में तकलीफ़ हो रही है तो मत कहिए। आप चा' लीजिए। उन्होंने एक ताज़ा प्याला तैयार कर मेरे आगे बढ़ाया। उनकी उँगलियाँ काँप रही थीं और उद्वेग तथा भावावेश से उनका हृदय आंदोलित हो रहा है, यह स्पष्ट दीख पड़ता था।

प्याले की ओर मैंने आँख उठाकर भी न देखा और मैंने किस्सा कहना शुरू किया—

वह हमारे ही गाँव की लड़की थी। उसका बाप हमारी ज़मींदारी में सर्वहारा था। बूढ़ा और भला आदमी था। हमारा ग्रामीण जीवन शहर के जीवन से सर्वथा भिन्न होता है। आप कदाचित् उसकी कल्पना भी नहीं कर सकते। गाँव में हम सब छोटे-बड़े, ऊँच-नीच एक पारिवारिक भावना से रहते हैं। न जाने कब

से—सम्भवतः आदियुग की यह परिवार-भावना हमारे गाँवों में अब तक चली आ रही है। सुनते हैं कि प्राचीन काल में, जब नगर नहीं थे, सभ्यता नहीं थी, जीवन अपने ही में केंद्रित था और मनुष्य जीवन-संघर्ष को सबसे बड़ा मानता था। आदर्शों की, सभ्यता की, धर्म-मर्यादा की तब तक उत्पत्ति भी न हुई थी, तभी से मनुष्य ने ग्राम-संस्था स्थापित की। सामाजिक जीवन का वह प्रथम अध्याय था। उसी से मनुष्य ने सामूहिक हितों का सर्जन करके समाज-संस्था की नींव डाली। 'ग्राम' का अर्थ था—समूह। कुछ लोग एकत्र होकर जहाँ बसते वह ग्राम कहाता था। आवश्यक नहीं था कि यह ग्रामवास स्थायी हो। वह तो चलग्राम था। ग्राम का अर्थ स्थानसूचक न था; समूहसूचक था; अतः उस काल मनुष्यों के ग्राम जीवन-यापन के संघर्ष से प्रताड़ित घूमा करते थे—यहाँ-से-वहाँ, वहाँ-से-यहाँ। परिस्थितियों ने उनमें सामूहिक हितों की सृष्टि कर दी। सुख-दुःख, लाभ-हानि सभी में उनके स्वार्थ एकत्र हो गए और एक ग्राम-समूह एक परिवार की भाँति रहने लगा। इस परिवार में जाति-भेद को स्थान न था। सब वृद्ध पितृतुल्य थे, सब वृद्धाएँ माता, और सब युवक-युवतियाँ परस्पर भाई-बहिन। उनका सबका एक ग्राम था, एक गोत्र था। गोत्र का अर्थ था चरागाह, जहाँ उनके पशु चरते थे। एक ग्राम का परिचय दूसरे ग्राम के मनुष्यों से इसी ग्राम-गोत्र के द्वारा होता था। उसी के नाम से वह ग्राम-गोत्र प्रसिद्ध होता था।

शताब्दियाँ बीतीं, सहस्राब्दियाँ बीतीं। नगर बसे, सभ्यता का विकास हुआ। जीवन के आदर्श बदले, क्रम बदला, समाज बदला, बदलता चला गया।

गाँवों में भी यह परिवर्तन पहुँचा। सहस्राब्दियों के प्रभाव से गाँव भला अछूत कैसे रह सकते थे। अब 'गाँव' स्थान के अर्थ में था—समूह के अर्थ में नहीं। अब लोगों की बस्ती को गाँव कहते थे। समाज में अनेक जातियाँ हो गई थीं। गंगो गाँव में भी अनेक जातियाँ बसती थीं; हिन्दू थे, मुसलमान थे। हिन्दुओं में भी ब्राह्मण थे, क्षत्रिय थे, जाट थे, अहीर थे, भंगी थे, चमार थे, धोबी थे, नाई थे। समाज की व्यवस्था के अनुसार वे अपना-अपना काम करते थे। गाँवों में किसानों की ही बस्ती अधिक होती है। जो लोग किसान और किसानों के उपजीवी नहीं होते वे शहर में, कस्बे में बसते हैं उनकी वहाँ सम्पत्ति भी है। जमींदार हैं, किसान हैं, उनके खेत हैं, घरबार है। किसी के कम, किसी के अधिक। कोई रईस है, कोई अमीर। इस प्रकार समाज के संगठन का, व्यवस्था का, राजसत्ता का, कानून का, धर्म का—सभी का युगवर्ती प्रभाव गाँवों पर पड़ा। उससे उनमें परिवर्तन भी आया है, पर एक प्राचीनतम बात अभी तक गाँवों में चली आ रही

है। वह है परिवार भावना। गाँव की बूढ़ी भंगन को भी ब्राह्मण की पतोहू सास कहकर पाँव पड़ती है। गाँव की प्रत्येक लड़की गाँव के प्रत्येक लड़के की बहिन और प्रत्येक प्रौढ़ की लड़की है। गाँव में सब छोटे-बड़ों का सम्बन्ध—चाचा, ताऊ, भाई, भतीजा, देवर, भाभी, काका, ताई आदि पारिवारिक सम्बन्ध हैं। यहाँ तक कि गाँव-की लड़की जिस दूसरे गाँव में ब्याही जाती है, उस गाँव का पानी भी न पीनेवाले वृद्ध पुरुष अब भी गाँवों में जीवित हैं। यह है हमारे गाँवों की परिवार-परम्परा—शताब्दियों, सहस्राब्दियों से चली आती हुई।

हाँ, तो मैं उस लड़की की बात कह रहा था। वह हमारे गाँव की लड़की थी, और हमारी ज़मींदारी के सर्वहारा की बेटी थी। हमारा घर ज़मींदार का घर था। गाँव के सारे ही स्त्री-पुरुष हमारी रैयत थे। वे हमारे घर आते-जाते रहते थे—स्त्रियाँ भी पुरुष भी। काम से भी और बेकाम से भी। बाहर पिताजी का दीवानख़ाना और भीतर ज़नाने में माताजी का कमरा आने-जानेवाले स्त्री-पुरुष से भरा ही रहता था। हवेली हमारी बहुत भारी थी। सत्तावन के ग़दर में अंग्रेज़ सरकार ने हमारे दादा को इक्कीस गाँव इनाम दिए थे और तभी हमारे दादा ने अपनी हवेली के लिए इतनी जगह घेर ली थी कि उसमें आधा गाँव समा जाता था। सस्ते का ज़माना था। राज, बढ़ई उन दिनों दो-ढाई आना रोज़ मज़दूरी लेते, मजदूर एक आना। बड़े-बड़े महराब, मोटी-मोटी दीवारें, लम्बे-लम्बे दालान भी आज भला बन सकते हैं? अब तो हम उनकी मरम्मत भी नहीं कर सकते। हवेली वीरान होती जा रही है। अब तो न हाथी, न घोड़े, न रथ, न बहली। इनके सब थान वीरान पड़े हैं। अब तो सिर्फ यह मोटर है और हम हैं।

मैं असल बात से दूर होकर बहकता जा रहा था। भीतर मेरे रक्त में एक गर्मी-सी आ रही थी। और जोश में ये सब बातें मैं कहे जा रहा था—एकाएक मुझे ध्यान आया। असल मुद्दे की बात तो पीछे ही रह गई।

परन्तु सब सन्नाटा बाँधे सुन रहे थे। सब जैसे किसी अतीत उदारचित्त वातावरण में पहुँच चुके थे। मैंने ज़रा रुककर कहना शुरू किया—

उन दिनों मैं कालेज में लॉ का फ़ाइनल दे रहा था। दशहरे की छुट्टियों में जब मैं घर आया तो पहली बार उसे देखा—'देखा' कहना ठीक न होगा। मुझे कहना चाहिए : पहली बार मेरा ध्यान उसकी ओर गया। इससे पहले बहुत बार देख चुका था—रूखे-बिखरे बाल, मैला मोटा ओढ़ना, पुराना घाघरा, नंगे धूलभरे पैर, पर रंग गोरा। लेकिन गाँव में ऐसी बहुत लड़कियाँ थीं—राह-वाह में, खेत में बहुधा मिल जाती थीं। मैं तो जमींदार का लड़का था। शहर में पढ़ता था।

सूट-बूट पहनकर ठसक से गाँव में निकलता था। सो किसी लड़की-लड़के की क्या मजाल जो मुझसे बात करे। मुझे देखते ही वे सहमकर पीछे हट जाते थे। जो समझदार होते थे वे सलाम करते थे। सयानी लड़कियाँ ओट में छिप जाती थीं, छोटी कौतुक से मुझे देखती थीं। इसी से इस लड़की पर भी पहले कभी मेरा ध्यान नहीं गया।

पर इस बार की बात जुदा थी। मैं घर कोई डेढ़ साल में आया था। पिछली गर्मी की छुट्टियों में यूनिवर्सिटी की टीम कश्मीर चली गई थी। मैं भी उसमें चला गया था, अतः छुट्टियों में घर नहीं आया था। घर में दशहरे की सफ़ाई-सजावट की धूम-धाम थी। भाभियाँ घर सजाने में व्यस्त थीं और वह उनकी सहायता कर रही थी। अब उसके बाल बिखरे न थे। ठीक-ठीक बालों की माँग निकली थी, कपड़े सलीके के शहरी ढंग के बारीक और बढ़िया थे। स्वस्थ तारुण्य उसकी एड़ियों में झाँक रहा था। जीवन की ताज़गी से वह लहलहा रही थी। जीवन में पहली बार किसी लड़की को मैंने रुचि से देखा था। उसका चेहरा गुलाब के समान रंगीन और आँखें तारों के समान चमकीली थीं। वह हँसती नहीं थी—फूल बिखेरती थी, चलती न थी—धरती को डगमग करती थी। मैं क्या कहूँ? मुझे एक ही क्षण में ऐसा प्रतीत हुआ कि जैसे दस-पाँच अंगीठियाँ मेरे अंग में धधक रही हैं और मैं तपकर लाल हो रहा हूँ। आग की लपटें मेरी आँखों से निकलने लगीं और मैं वहाँ से लड़खड़ाता हुआ ऊपर कमरे में आकर औंधे मुँह पलंग पर पड़ रहा। मैंने समझा—मुझे बुख़ार चढ़ गया है।

इतना कहकर मैं ज़रा चुप हुआ। बीते हुए दिन एक-एक करके नेत्रों में आने लगे। लेकिन कमांडर भारद्वाज बेचैन हो रहे थे। उन्होंने इत्मीनान से कुर्सी पर आसन जमाते हुए कहा—कहे जाओ, कहे जाओ दोस्त; मामला ठंडा मत होने दो। उन्होंने नई सिगरेट सुलगाई।

मैंने आगे कहना आरम्भ किया—

वह मुझे देखकर लजाई थी, मुस्कराई थी, भाभी की ओट में छिप गई थी, छिपकर उसने फिर मुझे देखा था। वह सब—देखना, मुस्कराना, छिपना, लजाना, अब सिनेमा की तस्वीर की भाँति अनेक बार, सौ बार, हज़ार बार तेज़ी-से मेरी आँखों में घूम रहा था। धरती-आसमान भी सब घूम रहे थे।

बहुत देर तक मेरी यही हालत रही। पर फिर मुझे ज़रा-सी नींद आ गई। जगने पर मेरा मन कुछ शान्त था। मुझमें समझ आ गई थी। अभी हृदय मेरा कोरा था, तारुण्य मेरा निर्दोष था। इस प्रथम विकार पर मुझे लज्जा आई। मुझे

लगा; यह ख़राब बात है। गाँव की सभी बहू-बेटियाँ मेरी बहनें हैं। पिताजी ने कई बार यह कहा है : हम ज़मींदार हैं, इससे और भी हमारा गौरव बढ़ जाता है। मुझे ऐसा न सोचना चाहिए। यह मेरी प्रतिष्ठा-मर्यादा के सर्वथा विपरीत है। मैं मन-ही-मन अपने को धिक्कारने लगा। और एकबारगी ही उसे मन से निकाल फेंका।

लेकिन कहाँ? पलंग से उठते ही मैं खिड़की में आ खड़ा हुआ, और नीचे आंगन में चारों ओर देखने लगा। जैसे कुछ खो गया है। किसे भला? यह मैंने अपने मन से पूछा। और जब मन ने कहा—'उसी को' तो मैं अपने पर बहुत झुंझलाया। वैसे ही कमीज़ पहने मैं नीचे उतरा और सीधा बाग़ की तरफ़ चल दिया। देर तक बाग़ में और नहर की पटरी पर फिरता रहा। माली से बातें कीं। मुझे प्रसन्नता हुई कि वह तूफ़ान खत्म हो गया। अब उसकी कभी याद न करूँगा। वाहियात बात पर रात को बहुत देर तक नींद न आई। उसका वह मुस्कराना, लजाकर भाभी की ओट में छिपकर देखना। वाहियात। वाहियात। ये सब ख़ुराफ़ात, गन्दी बातें हैं। भला इनसे मुझे क्या सरोकार।

लेकिन नींद नहीं आ रही थी। मैंने एक मोटी-सी कानून की किताब उठा ली, और एक कठिन कानूनी नुक्ते पर कुछ रूलिंग्स पढ़ने लगा। लेकिन वहाँ तो प्रत्येक अक्षर की ओट से वह झाँक रही थी। मुस्करा रही थी। धत्।

भारद्वाज ज़ोर-से हँस पड़े।

मैंने कहा—ठीक है, आप हँस सकते हैं। मेरे दुश्चरित्र और दुराचार का यह प्रमाण जो आपको मिल गया।

मैं चुप हो गया। और मैंने आँखें बन्द कर लीं। लेकिन वही तरबूज़।। एक प्रकार से मैं चीख़ उठा—

मेजर वर्मा ने कहा—रहने दीजिए। बाकी कहानी फिर कभी सुन ली जाएगी। अभी आपकी तबीयत दुरुस्त नहीं है। लेकिन मैंने कहना आरम्भ कर दिया—

दूसरे दिन मैंने उसे नहीं देखा। यह नहीं कह सकता कि देखना नहीं चाहा। पर मैंने अपने मन को रोकने में कोई कोर-कसर नहीं रखी। पर बेकार। उसकी छिपी हुई नज़रें झाँकती ही रहीं। उसके होंठ मुस्कराते ही रहे। मैंने सुना : उसकी सगाई हो गई है, और इसी साहलग में उसका ब्याह होगा।

दशहरे के दिन मेरा तिलक चढ़ा। बहुत धूमधाम हुई। गाजे-बाजे, जश्न, दावत, कहाँ तक कहूँ। पिता का सबसे छोटा बेटा था। वे सबसे अधिक मुझको

प्यार करते थे। भीड़-भाड़ में एक होकर मैंने देखा, हर बार मुझे प्रतीत हुआ : वह मुझको देख रही है।

छुट्टियाँ समाप्त होने पर मैं होस्टल में लौट आया। धीरे-धीरे वह उन्माद बीत गया। स्मृति अवश्य बनी रही, वह भी धुँधली होते-होते छिप गई। अगले वर्ष मेरी शादी हुई। सुषमा ने आकर मेरे जीवन को एक नया मोड़ दिया। सुषमा जैसी पत्नी पाकर मैं कृतार्थ हो गया। वह जैसी सुशिक्षिता है, वैसी ही शीलवती, परिश्रमी और हँसमुख स्वभाव की है। उसके प्रेम, सेवा और विनय से मैं उसमें लीन हो गया। उस लड़की की याद करके और अपनी हिमाकत का विचार करके कभी-कभी मुझे हँसी आ जाती थी—पर कभी मैंने किसी से अपने मन का यह कलुष कहा नहीं। परीक्षा पास करके मैं घर पर रहकर ज़मींदारी की देखभाल करने लगा। खेती और बागवानी का मुझे शौक था। उसमें मैंने मन लगाया। बड़े भाई डिप्टी-कलक्टर होकर बिहार चले गए थे। पिताजी का स्वर्गवास हो गया। मँझले भाई भी केन्द्र के शिक्षा-विभाग में अण्डर सेक्रेटरी हो गए। घर पर केवल मैं अकेला रह गया। दिन बीतते चले गए। तीन बरस बीत गए। और ईश्वर की कृपा से सुषमा की कोख भरी। मेरे आनन्द का ठिकाना न रहा।

एक दिन बूढ़े सर्वहारा रोते हुए मेरे पास आए। चौधारे आँसू बहाते हुए उन्होंने कहा—बर्बाद हो गया, छोटे सरकार। लुट गया। लड़की मेरी विधवा हो गई, उसकी तक़दीर फूट गई। मेरी इकलौती बेटी थी सरकार, उसे बेटा बनाकर पाला था। उस पर यह गाज गिरी।

बूढ़ा बहुत देर तक रोता रहा। यद्यपि वे सब बातें मैं भूल चुका था पर स्मृति के चिह्न तो बाकी ही थे। सुनकर मुझे दुःख हुआ। बूढ़े को तसल्ली दी। और जब वह चला गया, एक बूँद आँसू मेरी आँख से भी टपक पड़ा। वाहियात बात थी। लेकिन मन का कच्चा तो सदा से हूँ। मेरा मन द्रवित हो गया। बूढ़े ने कहा था कि वह उसे यहाँ ले आया है, तब एक बार उसे देखने की भी लालसा हो गई। पर वह सब बात मन की थी—मन में रही। महीनों बीत गए। कभी-कभी उसका ध्यान आता, दया आती, पर कुछ विशेष आकर्षण न था। सुषमा धीरे-धीरे कमज़ोर और पीली पड़ती जा रही थी। मुझे उसकी चिन्ता थी। ज्यों-ज्यों डिलीवरी का समय निकट आ रहा था, मेरी उद्विग्नता बढ़ती जाती थी—इन सब कारणों से मैं उस बिचारी विधवा को भूल ही गया। सुषमा के प्यार ने मुझे अभिभूत कर लिया था। सुषमा मेरे जीवन का आधार थी, और अब मैं इस प्रकार के

विचारों को भी मन में रखना पाप समझता था। मुझे पाकर सुषमा भी खुश थी। वह देवता की भाँति मेरी पूजा करती थी।

मिसेज शर्मा एकदम द्रवित हो उठीं। उन्होंने कहा—भई बन्द करो। आप सचमुच देवता हैं। आप जैसा पति पाने के कारण मैं तो सुषमा बहिन से ईर्ष्या करती हूँ।

मैं जैसे चीख़ पड़ा। मेरे गले की नसें तन गईं और मुट्ठियाँ भिंच गईं। मैंने कहा—श्रीमतीजी, जल्दी अपनी राय कायम न कीजिए, पूरी कहानी सुन लीजिए।

मेरी वहशत और भावभंगी देख मिसेज शर्मा डर गईं। वे फटी-फटी आँखों से मेरी ओर टुकुर-टुकुर देखने लगीं। मैं इस योग्य न था कि इस समय उनसे अपने अशिष्ट व्यवहार के लिए क्षमा माँगू। मैंने कहानी आगे बढ़ाई—

एक दिन देखता क्या हूँ कि वह सुषमा के पास बैठी है। इस समय वह यौवन से भरपूर थी। उस समय यदि वह खिलती कली थी तो आज पूर्ण विकसित पुष्प। परिधान उसका साधारण था। पर स्वच्छता और सलीका—जो बहुधा देहात में नहीं देखा जाता—उसकी हर अदा से प्रकट होता था। उसका रंग अब ज़रा और निखर गया था, अंग भर गए थे और रूप की दुपहरी उस पर चढ़ी थी। अथवा एक ही शब्द में कहूँ तो वह इस समय बसन्त की फुलवारी हो रही थी। एकाएक मैंने उसे पहचाना नहीं, पर दूसरे ही क्षण जब उसने उठकर हाथ जोड़कर मुस्कराकर मुझे प्रणाम किया, मैंने उसे पहचान लिया। हाय री तकदीर। वही मुस्कराहट, वही चितवन है। क्षणभर को मेरे शरीर में रक्त की गति रुक गई और मेरे पैर काँपने लगे। साहस करके मैंने पूछा, "अच्छी हो" तो उसने लाज से सिर झुकाकर सिर्फ़ 'जी' कह दिया।

छी छी! फिर वे भूली हुई बातें न जाने कहाँ से जीवित हो उठीं। वही मुस्कराना, छिपना और आँखें...मैं तेज़ी-से भाग आया। सीधा ऊपर जा दरवाज़ा बन्दकर अपने शयनागार में आ पड़ा। एक आहत हिरन की भाँति—जिसे अभी-अभी शिकारी ने तीर मारा हो।

उस दिन मैंने खाना नहीं खाया। सिरदर्द का बहाना करके पड़ा रहा। सुषमा की परेशानी ने मुझे और भी पागल बना दिया। कभी यूडीक्लोन सिर पर डालती, कभी नर्म-नर्म हथेलियों से सिर दबाती, कभी बाल सहलाती, कभी डाक्टर बुलाने का आग्रह करती। मुझ बेईमान, पाखण्डी, मक्कार के लिए वह उस एक ही दिन में आधी रह गई।

मैंने जलती हुई आँखों से मिसेज़ शर्मा की ओर देखा और कहा—कहिए,

कहिए, अब भी आपको सुषमा पर ईर्ष्या होती है, परन्तु अभी ज़रा और ठहर जाइए।

एकाएक मेरी आवाज़ मुर्दे की जैसी मरी हुई हो गई। खूब ज़ोर लगाकर मैं कहने लगा–

दूसरे दिन सुबह होते ही मैं ज़मींदारी के ज़रूरी काम का बहाना करके इलाके पर चला गया। 6-7 दिन तक मैं घर नहीं लौटा। आप दाद दीजिए मेरे जानवरपन की, जब कि सुषमा की यह हालत थी, इस कदर नाज़ुक, कोई उसे देखने वाला न था। पहली ही डिलीवरी थी उसे, और नफ़्स का गुलाम कहाँ, किस हालत में फिर रहा था। मैं आपसे नहीं छिपाना चाहता कि मुझे न खाना भाता था, न नींद आती थी, न दिन चैन पड़ता था, न रात को कल पड़ती थी। वही शैतान आँखें, वही मुँह छिपाकर मुस्कराना, वही गहरे गुलाबी गाल, कम्बख्त न जाने कहाँ से उभरे चले आते थे, मेरी बदनसीब नज़रों में? जैसे मेरे रक्त की प्रत्येक बूँद में उन आँखों का खेत उग आया था। उस चितवन की, उस मुस्कान की रिमझिम बरसात हो रही थी। जी हाँ, एक क्षण को भी मैं उसे न भूल सका, एक क्षण को भी मैंने सुषमा को याद नहीं किया, एक क्षण को भी मैंने उसकी असहायावस्था पर ग़ौर न किया। अन्त में मैंने अपने-आपको धिक्कारा, मन में पक्का इरादा किया, उस शैतान को मैं गाँव से निकाल दूँगा, एक क्षण भी न रहने दूँगा।

सातवें दिन मैं घर लौटा। अभी दहलीज़ पार करके मैं सुषमा के कमरे में जा ही रहा था कि देखता क्या हूँ–सामने से वह आ रही है, मुझे देखकर वह ठिठक रही। निकट आने पर उसने मुस्कराकर और हाथ जोड़कर मुझे नमस्कार किया। फिर वह मुस्कराती हुई ही चली गई। अजी, मुस्कराती हुई नहीं–मेरे मन में छिपी समूची वासना का सांगोपांग विवरण पढ़ती हुई। वह गहरे लाल रंग का लहँगा और उस पर चिलकेदार दुपट्टा पहने हुई थी।

भाड़ में जाए यह। गुस्से से होंठ चबाता हुआ मैं सुषमा के कमरे में पहुँचा। कल ही से उसे ज्वर था। मुझे देख वह मुस्कराई और मैं उसकी जलती हुई हथेलियों को मुट्ठी में दबाए देर तक चुपचाप बैठा रहा। कुछ बोलने की ताब ही न रही। सुषमा ही बोली। उसने कहा–

"गुमसुम क्यों हो?"

"कुछ नहीं। बहुत थक गया हूँ, बहुत दौड़-धूप करनी पड़ी।"

सुषमा एकदम व्यस्त हो उठी। वह लेटी न रह सकी। उसने अधीर स्वर में कहा–मुँह कैसा सूख गया है। बिस्तर लगवाती हूँ, ज़रा सो रहो। उसने आवाज़

दी—अरी..., और वह आ खड़ी हुई। मैंने उसकी ओर नहीं देखा। सुषमा ने कहा—ज़रा झटपट यहीं बिस्तर लगा दे। बाबू की तबीयत ठीक नहीं है।

मैंने बहुत ना-नूँ की। वहाँ—सुषमा के सामने मैं अपनी दुर्बलता प्रकट नहीं करना चाहता था। मैंने कहा—नहीं नहीं, ऐसा ही है तो मैं ऊपर अपने कमरे में जा सोऊँगा। मगर तुम आराम करो। तुम्हें ज्वर है। पर उस साध्वी पतिप्राणा को अपने ज्वर की क्या चिन्ता थी? क्या उसे उस पाखण्डी के मन का भी हाल मालूम था? उसने कहा—तो जा बहिन, ऊपर ही जाकर बिस्तर लगा दे।

मेरा निषेध सुषमा ने माना नहीं। उसे भेज दिया। मैं जड़ बना वहीं बैठा रहा।

वह लौटकर आई। उसी तरह मुस्कराकर उसने कहा—भैयाजी का बिछौना बिछा है।

''भैयाजी', यह शब्द जैसे बंदूक की गोली की भाँति मेरे मस्तिष्क में घुस गया। लेकिन मुझे तो गाँव की सभी लड़कियाँ भैयाजी ही कहती हैं। वही गाँव का प्राचीन पारिवारिक सम्बन्ध। परन्तु इस समय तो यह शब्द मेरे मुँह पर एक तमाचा था। मैं वहाँ न ठहर सका। तेज़ी-से उठकर ऊपर अपने कमरे में बिस्तर पर आ पड़ा। कमरे की चटख़नी भीतर से चढ़ा ली। क्यों? मैं कह नहीं सकता।

बहुत देर तक मैं सोता रहा। जब उठा तो शाम हो चुकी थी। उठकर मैं सीधा सुषमा के पास जा बैठा। क्षणभर बाद ही वह चा' लेकर आई। चा' टेबुल पर रखकर चली गई। सुषमा जानती थी कि मैं इन्तज़ार नहीं कर सकता, ख़ासकर चाय का। पर यह बात क्या यह भी जानती है?

उसके जाने के बाद मैंने सुषमा से कहा—क्या इसे तुमने नौकर रख लिया है?

उसने हँसकर कहा—नहीं, नहीं। बहुत अच्छी लड़की है। मुझे अकेली और बीमार देखा तो आप ही मेरे पास आ गई। तभी से घर के काम-काज में जुटी है। तुम्हारे जाने के बाद से रोज़ ही दिन-भर यहीं रहती रही है। कितना सहारा मिला मुझे इससे। तुम्हारे ऊपर जाने के बाद ही मैंने इससे कह दिया था कि तुम चा' का इन्तज़ार नहीं कर सकते। चा' तैयार कर देना। सब बातें मुझसे पूछकर यह न जाने कब से बैठी इन्तज़ार कर रही थी। सुषमा हँस दी। और मैंने मन का उद्वेग छिपाने को एक बिस्कुट समूचा ही मुँह में ठूँस लिया।

अब मेरे जीवन का नया अध्याय आरम्भ होने में देर न थी। मुझे सुषमा शीघ्र ही कुसुम-कोमल पुत्र देगी, जो हम दोनों के प्रेम का जीता-जागता प्रमाण

होगा। अब मुझे इस शैतानी विचार को मन में नहीं लाना चाहिए। फिर मेरा अपना चरित्र है, प्रतिष्ठा है, उसका भी तो मुझे ख्याल रखना चाहिए। जैसे मेरे भीतर एक नये बल का संचार हुआ, मेरे ओठों पर हँसी खेल गई, मैंने बड़े आनन्द से चाय का एक प्याला अपने हाथ से बनाकर सुषमा को दिया। सुषमा आनन्द से विभोर हो गई। कुछ तो अपनी अस्वस्थता के कारण—और कुछ मुझे अस्त-व्यस्त देखकर वह बहुत परेशान हो गई थी। अब मेरे हाथ से प्याला लेकर वह खुश हो गई। उसने कहा—अब तो कुछ ही दिनों की बात है। उसकी आँखें हँस रही थीं। और मैं आनन्द-सागर में गोते लगा रहा था। अपनी मूर्खता पर मैं मन-ही-मन हँसने लगा। चुड़ैल कहीं की। धत्! धत्!

सुषमा ने कहा—जाओ, ज़रा घूम आओ, तबीयत ठीक हो जाएगी। खाओगे क्या, मिसरानी से कह दो।

मैंने कहा—सुषमा, आज तो मैं तुम्हारे साथ ही खाऊँगा। जो चाहे बनवा लो। लेकिन, उठना नहीं—तुम्हें ज्वर है। ज़रा शरीर का ध्यान रखो।

स्त्रियाँ कितनी भावुक और कोमल होती हैं। मेरी इतनी ही-सी बात पर सुषमा गद्गद् हो गई। और मैं अपने को तीसमारखां समझने लगा था। अपनी समझ में तो मैंने मन का सारा ही मैल धो डाला था। अब तो दिल में कहीं किसी कोने में भी न वह हँसी थी, न चितवन। इसे कहते हैं मार पर विजय। मदनदहन शिव ने इसी भाँति किया था। बुद्ध ने भी मार पर इसी भाँति विजय पाई थी।

मैं कपड़े बदलकर ज्यों ही सीढ़ियों से उतरा देखता क्या हूँ, वह सुषमा के लिए एक कटोरा दूध लेकर उसके कमरे में जा रही है। मैंने मन में कहा—इसकी ओर देखना ही न चाहिए। मैं आँखें नीची किए दस कदम आगे बढ़ गया। वह भी उसी भाँति आँखें नीची किए आगे बढ़ गई। लेकिन न जाने क्यों मैंने ठिठककर मुँह फेरकर उसकी ओर देखा। छी, छी, वह भी मुँह फेरकर मेरी ओर देख रही थी। मुझे उचटकर देखते देख वह चल दी। गुस्से से मेरा शरीर काँपने लगा, और मैं तीर की भाँति वहाँ से बाहर निकल गया।

कमाण्डर भारद्वाज ज़ब्त न कर सके। ठठाकर हँस पड़े। बोले—यह गुस्सा किस पर था, उस पर या अपने पर?

क्षण-भर को सभी के चेहरों पर मुस्कान दौड़ गई। पर मिसेज़ शर्मा बहुत गम्भीर थीं। मेरे ऊपर घड़ों पानी गिर गया। मेरी वाणी रुक गई। बहुत देर तक कोई न बोला।

मेजर वर्मा एकाएक बहुत उत्तेजित हो उठे। वे कुर्सी से उछलकर खड़े हो गए। हाथ की सिगरेट फेंक दी और तेज़ नज़र से मेरी ओर ताकने लगे। मैं समझ गया, मेजर वर्मा कहानी के दूसरे छोर तक पहुँचे चुके हैं। और अब उनके मस्तिष्क में वह तरबूज...

मेरे होंठ नीले पड़ गए, और आँखें पथरा गईं। मैंने एक असहाय मूक पशु की भाँति, जिसकी गर्दन पर छुरी चल गई हो, करुण-कातर दृष्टि से मेजर वर्मा की ओर देखा। मिसेज़ शर्मा घबरा गईं। उन्होंने कहा—आपकी तबीयत तो एकदम बहुत ख़राब हो गई है, चौधरी साहब।

"नहीं, मैं ठीक हूँ।" कुछ प्रकृतिस्थ होते हुए मैंने कहा। मेजर वर्मा चुपचाप कुर्सी पर बैठकर मेरी ओर ताकते रहे। मरे हुए स्वर में मैंने कहा—मेजर, सारी बातें मैं न बता सकूँगा। आप और ये सब सज्जन मुझे क्षमा करें।

डिलीवरी की खटपट में मैं फँस गया। सुषमा बहुत बीमार हो गई थी। उसे मंसूरी ले जाना पड़ा। पुत्र-जन्म का उत्सव धूम-धाम, शोर-गुल, बाजे-गाजे से हुआ, ये सब बातें क्या कहूँ। 4-5 महीने इन सब बातों को बीत गए।

एक दिन शाम को जब मैं घूमकर लौट रहा था, गाँव की जनशून्य राह पर मैंने देखा चादर में लिपटा हुआ कोई खड़ा है। वही थी, और मेरी ही प्रतीक्षा में खड़ी थी। निकट पहुँचने पर उसने कहा—बड़ी देर से खड़ी हूँ ज़रा उधर चलिए—मुझे आपसे कुछ कहना है।

सच पूछिए तो मैं अब उससे सचमुच ही कतराने लगा था। वह नशा तो काफ़ूर हो चुका था, और इधर महीनों से उससे मुलाकात ही नहीं हुई थी। मेरी बिलकुल इच्छा नहीं थी कि मुझे एकान्त में उससे बात करते कोई देख ले। पर मैं उसका अनुरोध न टाल सका। मैंने कहा—क्या बहुत जरूरी बात है?

उसकी आँखें भर आईं। उसने धीरे-से कहा—जी हाँ।

और जब हम रास्ते से हटकर उस बड़े बरगद की छाँह में गए तब चारों ओर अँधेरा फैल चुका था। उसने एक ही वाक्य में वह बात कह दी। सुनकर मैं ठंडा पड़ गया। मेरे मुँह से बात न निकली।

बहुत देर तक वह मेरे उत्तर की प्रतीक्षा करती रही। फिर उसने धीरे-से कहा—आपको मैं न किसी झंझट में डालना चाहती हूँ, न आप पर मैं कोई बोझ लादना चाहती हूँ। सब कुछ मैं स्वयं भुगत लूँगी। परन्तु पिताजी का देहान्त हो चुका। मेरा अब पृथ्वी पर कोई नहीं है। आप गाँव के राजा हैं; रियाया के माई-बाप हैं। मैं और किसी अधिकार की बात नहीं कहती—किसी बदनामी के भय से आप

डरें नहीं। मर जाऊँगी, पर आपका नाम न लूँगी। परन्तु, मैं औरत हूँ। मेरा कोई हमदर्द नहीं, आप ही अब मुझे राह बताइए।

मैं शर्म से गड़ा जा रहा था। समझ रहा था कि वह औरत मुझे कितना कायर समझ रही है। यह कुछ झूठ भी न था। मैंने अन्त में कहा—मुझसे तुम क्या चाहती हो? मैं तुम्हारे लिए क्या कर सकता हूँ? आख़िर मैं एक इज़्ज़तदार आदमी हूँ। तुम्हें यह सोचना चाहिए।

''सोचकर ही तो कह रही हूँ।''

''क्या तुम कुछ रुपया-पैसा चाहती हो?''

''नहीं।''

''तब क्या चाहती हो?''

''अपनी इज़्ज़त बचाना। आप राजा रईस हैं, मैं ग़रीब, अनाथ, विधवा, रांड, स्त्री हूँ। जिस परिस्थिति में मैं फँस गई हूँ उसके लिए मैं अकेले आपको ज़िम्मेवार नहीं ठहरा सकती। दुर्बलता मेरी भी थी। फिर, मैं तुच्छ स्त्री हूँ। सभी भोग मैं ही भोग लूँगी पर इज़्ज़त-आबरू मेरी भी है। मेरे पिता आपके एक ईमानदार सेवक थे। मैं आपके गाँव की बेटी हूँ, मेरी बदनामी गाँव की बदनामी है। वह मैं न होने दूँगी, इसमें आप मेरी मदद कीजिए।

''लेकिन कैसी मदद? रुपया-पैसा तो तुम चाहती ही नहीं।''

''जी नहीं?''

''तब मैं क्या करूँ?''

''गाँव के किसी इज़्ज़तदार गरीब ठाकुर से मेरा ब्याह करा दीजिए।''

''इज़्ज़तदार ठाकुर क्यों ब्याह करने को राज़ी होगा।''

''आप कहेंगे तो होगा। मेरा सहारा हो जाएगा? मेरा कलंक ढका रह जाएगा। और मैं अपनी सेवा से उसे प्रसन्न कर लूँगी।''

अब आप मेरे दिल की बात सुन लीजिए। मेरी आँखों में अब मेरे पुत्र का निर्मल हास्य खेल रहा था। सुषमा प्रसव के बाद मंसूरी से लौटने पर अधिक आकर्षक हो गई थी। मैं अपनी लंपट वृत्ति पर खीझ रहा था। और अब वह आग तो सर्वथा बुझ चुकी थी। पर उससे जलकर जो फफोला पड़ गया था, वह इतना भारी जंजाल हो उठेगा—यह मैंने कभी न सोचा था और अब मुझे इस औरत में कोई दिलचस्पी न थी। इससे सब भाँति पीछा छुड़ाने और भविष्य में अपने दाम्पत्य का पूरा आनन्द लेने को मैं बेचैन था। कुछ रुपये-पैसे की बात होती तो मैं उसे दे देता। पर उसका ब्याह रचाना—यह तो एक नया सिर-दर्द

था। अब भला मैं किससे कहूँ? कैसे कहूँ? सुनकर कोई क्या समझेगा, क्या कहेगा? इन्हीं सब बातों पर मैं देर तक विचार करता रहा। कुछ देर बाद मैंने धीमे स्वर में कहा—क्या तुमने किसी आदमी को पसन्द किया है?

"नहीं, पसन्द-नापसन्द की बात ही नहीं है, मुझे आप काना, अन्धा, बहरा, कोढ़ी, अपाहिज, बूढा—किसी के पल्ले बाँध दीजिए। उज्र न होगा। बस, मेरी लाज ढकी रह जाए। मेरे पिता का कुल न कलंकित हो।"

उस समय मैं उस एकान्त में उससे अधिक बात करने को सर्वथा अनिच्छुक था। मैंने केवल टालने की दृष्टि से कह दिया—अच्छा देखूँगा।

मैं चलने लगा। उसने कहा—ज़रा रुकिए। एक बात और है।

'क्या?"

"वह कल गढ़ी में आकर सबके सामने कहूँगी। यहाँ कहना ठीक नहीं है।"

"अच्छा", कहकर मैं चल दिया।

दूसरे दिन पहर दिन चढ़े वह गढ़ी में आई। आकर सीधी कचहरी में जाकर दीवानजी के पास जा खड़ी हुई। उसने कहा—छोटे सरकार से अर्ज़ करने आई हूँ। दीवानजी उसे मेरे पास ले आए। धड़कते हृदय से मैं सोच रहा था—अब यह यहाँ किसलिए आई है। परन्तु, उसने एक साधारण रैयत की भाँति अधीनता दिखाकर कहा—सरकार, मैं असहाय विधवा स्त्री हूँ, मेरे पिता ने मरते दम तक रियासत की ईमानदारी से सेवा की है, अब न मेरे माँ-बाप हैं, न कोई हितू-सम्बन्धी। आप गाँव के राजा हैं, इसी से मैं आपकी शरण में आई हूँ।

मेरा दम घुट रहा था। पर मैंने मन पर काबू रखकर पूछा—क्या चाहिए तुम्हें।

"सरकार एक भैंस यदि मुझे ख़रीद दें तो उसका दूध-घी बेचकर अपना भी पेट पाल लूँगी, सरकार का भी कर्ज़ा चुका दूँगी।"

मैंने बिना किसी आपत्ति के उसे भैंस ख़रीदवा दी। वह कहती तो मैं उसे दो-चार हज़ार रुपये भी दे सकता था। मैं जानता था कि वह उसका अधिकार था। पर उसने तो मुझसे केवल वही माँगा था जो एक साधारण रैयत ज़मींदार से माँगती है। अब यह कैसे कहूँ कि उसकी यह माँग मेरी प्रतिष्ठा के लिए ही थी या उसकी प्रतिष्ठा के लिए।

उसके बाद वह और दो-चार बार मुझसे एकान्त में मिली। और ब्याह की बात पर उसने ज़ोर दिया। मैंने टालटूल की और अन्त में मैंने साफ़ इंकार कर दिया।

उस दिन अकस्मात् पुलिस दलबल-सहित उसे लेकर गढ़ी में आ गई। मामला क्या है, इसे जानने के लिए उसके साथ बहुत लोगों की भीड़ थी। सब भाँति-भाँति की बातें कर रहे थे। पुलिसवालों ने उसे मारा-पीटा भी था। चोट के निशान उसके मुँह और शरीर पर थे। उसके वस्त्र जगह-जगह से फट गए थे। बाल उसके बिखरे थे और चेहरे पर मुर्दनी छाई थी। आँखें उसकी फटी-फटी-सी हो रही थीं। शरीर में जगह-जगह ख़ून लगा था। ओंठों से भी ख़ून बह रहा था।

पुलिस का अफ़सर सुशिक्षित तरुण था। वह मुझे जानता था। कहना चाहिए, मेरा मित्र था। पुलिस ने एक औरत के साथ मारपीट की है मेरे गाँव में आकर?—यह बात जानकर गुस्से से मैं पागल हो गया। मेजर वर्मा उस दिन वहीं थे। गुस्सा इन्हें भी बहुत हुआ। हम लोगों ने पुलिस को ख़ूब खरी-खोटी सुनाई। मैंने कहा—उसने क्या जुर्म किया है, क्या नहीं?—इसकी बात मैं नहीं कहता। पर आपको इसे मारने-पीटने का कोई अधिकार न था।

पुलिस अफ़सर ने शान्तिपूर्वक हमारा—मेरा और मेजर साब का गुस्सा सहन किया। फिर उसने कहा—चौधरी साहब, मुझे आपसे एकान्त में कुछ कहना है। यदि गाँव आपका न होता तो मैं यहाँ आता भी नहीं। इसे थाने में ले जाता। पर आपका मुझे बहुत लिहाज़ था—इसी से।

मैंने कहा—आखिर मामला क्या है?

"आप ज़रा दूसरे कमरे में चलिए।"

मैं, मेजर वर्मा, वह पुलिस अफ़सर दूसरे कमरे में चले आए। अफ़सर के कहने से मैंने भीतर से चटख़नी चढ़ा दी। किसी अज्ञात भय से मेरी अन्तरात्मा काँप उठी। मैं एकटक पुलिस अफ़सर के मुँह की तरफ़ देखने लगा। और तब उसने तरबूज़ की मिसाल दी। और मैं अब बयान नहीं कर सकता। मेजर वर्मा कहेंगे, इन्होंने वह सब देखा है।

"बेशक मैंने देखा था। ऐसा ख़ौफनाक, दिल हिला देनेवाला वाक़या ज़िन्दगी भर मैंने नहीं देखा था।" कुछ ठहरकर मेजर वर्मा बोले—अफ़सर ने मेरी तरफ़ देखकर—क्योंकि मैं ही ज्यादा गर्म हो रहा था—व्यंग्यपूर्ण भाषा में कहा—जनाब, आप एक तरबूज लेकर उसे सिर से ऊपर उठाकर पटक दें तो कह सकते हैं कि उसका क्या परिणाम होगा?

उस नौजवान पुलिस अफ़सर की यह दिल्लगी मुझे न भाई। मैंने ज़रा गर्म लहजे में कहा—तरबूज़ फट जाएगा। लेकिन आपका मतलब क्या है? इस औरत ने क्या तरबूज़ की चोरी की है?

"जी नहीं। क्या किया है देखिए।" उसने कांस्टेबिल को संकेत किया। और उसने हाथ में लटकते हुए झोले को जमीन पर उलट दिया। एक वज़नी-सी चीज़ धमाके के साथ ज़मीन पर आ गिरी। वह एक ताज़ा-बच्चे की लाश थी। मिसेज़ शर्मा के मुँह से चीख़ निकल गई। भारद्वाज हाथ की सिगरेट फेंककर खड़े हो गए, दूसरे लोग भी अवाक् रह गए। भारद्वाज ने कहा—क्या ताज़ा बच्चे की लाश? हौरेबल—माई गॉड।

लेकिन मेजर वर्मा ने आगे कहना जारी रखा—बच्चे को शायद पत्थर या किसी सख्त चीज़ पर पटका गया था, जिससे उसका सिर उसी तरह फट गया था जैसे ऊँचे से फेंक देने से तरबूज़ फट जाता है। और उसके भीतर से लाल-लाल लोहू—तोबा-तोबा। मेजर वर्मा वाक्य पूरा किए बिना ही सिर पकड़कर बैठ गए।

फिर उन्होंने कहा—पुलिस अफ़सर ने बताया कि यह औरत तस्लीम करती है कि पहले हमल गिराया गया, लेकिन बच्चा ज़िन्दा पैदा हुआ। उसका गला घोंटकर मार डालने की चेष्टा की गई, पर बच्चा मरा नहीं। तब उसे चक्की के पत्थर पर सिर के बल पटक दिया गया। उससे उसका सिर फट गया। पुलिस ने बताया कि मार खाने पर ही इन सब बातों का पता इसने बताया है। पर बच्चा किसका है, यह किसी हालत में बताती नहीं है। इसी से हम निरुपाय इसे यहाँ ले आए हैं। उसने चौधरी साहब से आग्रह किया था कि वह इस औरत से उस आदमी का पता पूछें और कानून की मदद करें। चौधरी तब बहुत परेशान हो उठे थे, इसका कारण मैं तब नहीं समझा था। अब समझा कि...

अब फिर मैं कहने लगा। कचहरी में मैं पागल की भाँति चीख़ उठा कि उस बालक का पिता मैं था। जी हाँ, उस बालक का पिता मैं था। वह मेरा बच्चा था। वैसा ही जैसा सुषमा की गोद में हँस-खेल रहा है। लेकिन...

मिसेज़ शर्मा भी एकदम उठ खड़ी हुईं। उन्होंने कहा—बस, बस, चौधरी अब ख़त्म कीजिए। और वह बिना कुछ कहे चल खड़ी हुई। परन्तु मैंने कहा—

"अब तो थोड़ी ही-सी बात रह गई है। मेजर तो तुरन्त वहाँ से चल दिए थे। मेरे लिए मामला रफ़ा-दफ़ा करना लाज़िमी हो गया। पुलिस को विदा कर, और अपराध का खोज-पता मिटाकर उसे मैंने उसके घर भिजवा दिया। थोड़ी देर बाद एक पड़ोसी के हाथ उसने भैंस मेरे पास भिजवा दी और इसके कुछ ही देर बाद मुझे सूचना मिली कि वह मर गई।"

कहानी ख़त्म हो गई। और सन्नाटा छा गया। चाय प्यालों में भरी हुई ठंडी हो गई थी पर किसी ने उसे छुआ भी नहीं। एक-एक करके चुपचाप सब लोग

उठकर चल दिए : मुझे प्रतीत हुआ जैसे एक लानत की नजर मेरे ऊपर फेंककर। मैं ख़ामोश बैठा था। मेरा सिर घूम रहा था। आँखों में उस झोले में से निकली हुई चीज़ और सुषमा की गोद में खेलता-हँसता हुआ मेरा पुत्र। होंठों से खून बहाती फटे कपड़ों में लांछिता वह नारी और गृहिणी-गौरव-मण्डिता सुषमा—सब मूर्तियाँ जैसे घुल-मिलकर मेरे चारों ओर तेजी-से चक्कर काट रही थीं। भय और आवेश से मैं चिल्ला उठा। मुझे इतना ही होश है—मेजर वर्मा ने मुझे घसीटकर अपनी मोटर में डाला था। इसके बाद तो मैं बेहोश हो गया।

जीवन्मृत

यह कहानी अब से कोई पच्चीस वर्ष पूर्व लिखी गई थी। कहानी बहुत वज़नी है। इसमें एक अत्यन्त ख़तरनाक भेद छिपा हुआ है जिसे उस समय तीन व्यक्ति जानते थे और अब केवल एक व्यक्ति ही उसका जाननेवाला जीवित है। इस भेद का सम्बन्ध भारत के एक बहुत भारी असफल विप्लव से है। कहानी में कुछ उलझनें थीं, कुछ ऐसी बातें थीं जो लिखी नहीं जा सकती थीं, छोड़ी भी नहीं जा सकती थीं। इन उलझनों के कारण ही प्रतिदिन पचास पृष्ठ लिखने की सामर्थ्य रखनेवाले लेखक को यह कहानी पूर्ण करने में नौ मास लगे थे। फिर भी कहानी 'चाँद' में छपते ही 'चाँद' की दो हज़ार की ज़मानत ज़ब्त हो गई थी। कहानी को पढ़कर तत्कालीन लाहौर हाईकोर्ट के प्रसिद्ध काउंसिल (बाद में जस्टिस और फिर कस्टोडियन- जनरल) श्री अछरूराम ने आश्चर्यचकित होकर चार पृष्ठों के पत्र में लेखक को लिखा था कि क्या वास्तव में कल्पना सत्य की ऐसी हुबहू तस्वीर खींच सकती है? कहानी-नायक के श्री अछरूराम बाल-सहचर रहे हैं। उस व्यक्ति के चरित्र के वे प्रत्यक्ष द्रष्टा हैं।

कहानी में कुछ टेक्नीकल विचित्रताएँ भी हैं। पात्रों के नाम ग़ायब हैं, कथानक नहीं है, केवल उसका आदि अन्त है। कहानी की गति अतिशय गम्भीर है। वर्ण्य प्रच्छन्न हैं, वे साधारण पाठक की समझ से परे हैं। मानवीय ऐषणाओं और मनोविकारों को मूर्त करने में कथाकार ने परिश्रम की

पराकाष्ठा कर दी है। कहानी उच्चतम मनोवैज्ञानिक तथ्यों पर आधारित है?

पन्द्रह वर्ष लम्बा काल एक भयानक दुःस्वप्न की तरह व्यतीत हो गया। एक-एक क्षण, एक-एक श्वास, जीवन की एक-एक घड़ी हज़ारों बिच्छुओं की दंशवेदना में तड़प-तड़पकर व्यतीत हुई है। वह कल्पना और मानवीय विचारधारा से परे का दुःख न कहना, स्मरण न करना ही अच्छा है। मानो मैंने एक महान् पवित्र व्रत लिया था, जो एक प्रकृत योद्धा को सजने योग्य था, जिसके लिए चरम कोटि के लिए त्याग, साहस, सहिष्णुता, वीरता और प्रतिभा एवं ओज की आवश्यकता थी। अपनी शक्ति और व्यक्तित्व पर बिना ही विचार किए मैं रणपोत पर सैनिक गर्व से उद्ग्रीव होकर चढ़ गया। सहस्राधिक नर-नारियों ने हर्ष और आशा में भरकर उल्लास प्रकट किया, साधुवाद दिए, पर मानो प्रशान्त महासागर में एक साधारण चक्कर खाकर ही वह दृढ़ पोत जलमग्न हो गया और देखते-ही-देखते उसका अस्तित्व विलीन हो गया। रह गया अकेला मैं—साधन, शक्ति और अवलम्ब से रहित, एकमात्र तख्ते के टुकड़े के सहारे तैरता हुआ। अन्धनिशा में, एक सुदूर तारे के क्षीण प्रकाश में, उस दुर्द्धर्ष महाजलराशि पर, जीवन के मोह के कच्चे धागे के आसरे भटकता रहा। 15 वर्ष तक अनन्त हिंस्र जीव-जन्तुओं का आक्रमण, हड्डियों में कम्प उत्पन्न करनेवाला शीत और नस-नस से प्राण खींच लेने वाली पर्वत-समान जलराशि की उत्तुंग तरी के थपेड़े उस असहाय अवस्था में सहन करता रहा। 15 वर्ष तक। और कितना भयानक, कितना रोमांचकारी, कितना अद्भुत, यह जीवन का मोह रहा। ये प्राण कितने बहुमूल्य प्रमाणित हुए। क्या पृथ्वी पर और कोई मनुष्य भी इस तरह जिया होगा।

प्रकृति की एकान्त स्थली पर मैंने अपना शैशव और यौवन का प्रारम्भ व्यतीत किया। वहाँ एक ही रंग था—त्याग, शान्ति, तप और निर्वसना। जब तक शैशव पर विधान का शासन रहा, मेरे बाहरी पीत वसन और अन्तस्तल का भी एक रंग रहा, पर यौवन के विकास ने बाहर-भीतर में भेद डाल दिया। हाँ, संसर्ग तो कुछ न था—जो था साधारण—परन्तु नैसर्गिक वासनाओं ने प्रस्फुटित होते-होते उस त्याग, तप और निर्वसना—सबसे विद्रोह करना शुरू कर दिया। मैं ब्रह्मचारी था। उस तपस्थली पर मेरे जैसे बहुत थे, पर हमारे गुरु और उपजीवी ब्रह्मचारी न थे। हम नैसर्गिक रह ही न सके, हमारी सादगी में भी एक शान थी, हमारे ब्रह्मचर्य में एक फ़ैशन था, त्याग-तप में भी प्रदर्शन था। जगत् के सर्व-साधारण

कैसे जीवन के पथ पर आगे बढ़ते हैं, मैं नहीं जानता; पर हम सभी में हास्य, उल्लास, गोपनीय वासनाएँ तथा तमोमयी भावनाएँ थीं। उस आश्रम में मैं ही सर्वोपरि और सर्वश्रेष्ठ हूँ। मुझे सर्वश्रेष्ठ होना ही चाहिए—यह मैं शीघ्र ही समझ गया। कैसे? यह नहीं बताऊँगा।

आचार्य का पुत्र था। राजपुत्र तो जन्म ही से सर्वश्रेष्ठ होते हैं। इसमें अनुचित क्या? मैं सर्वप्रथम, सर्वश्रेष्ठ पुरुष होकर उस दुर्द्धर्ष आश्रम से बाहर आया। संसार कैसा सुन्दर था। मैं देखते ही मोहित हो गया। वह मेरे ऊपर श्रद्धा, आशा और प्रेम बिखेर रहा था। मैंने जाना भी न था कि मैं जीवन में इतना आदर पाऊँगा। वह आशातीत आदर पाकर मैं गर्व से नाच उठा। मैंने अच्छी तरह अपनी मानसिक दुर्बलताएँ अपने पीले उत्तरीय में लपेटकर छिपा लीं और मैं असाधारण पुरुष की तरह खुले संसार में पैर के धमाके से हलचल मचाता हुआ आगे बढ़ चला।

स्त्री को सदैव दूर से देखा और अनुमान से समझा था। आश्रम में स्त्रीमात्र दुष्प्राप्य थी। फिर मैं तो मातृहीन बालक ठहरा। परन्तु सदैव ही मैंने स्त्री जाति के सम्बन्ध में विचारा। फिर भी वह क्या वस्तु है, कुछ समझा नहीं।

पर, विशाल जगत् में आते ही स्त्री भी मिली। अद्भुत वस्तु थी। इसे देख, फिर और किसी को देखने की इच्छा ही नहीं होती थी। मैं जगत् को भूल गया। स्त्री-शरीर, स्त्री-हृदय, स्त्री-भावना, यह मेरा खाने और बिखेरने का अब विषय रहा, परन्तु जीवन का एक नूतन अनिर्वचीय आनन्द तो अभी मिलना शेष ही था। वह मुझे शिशु कुमार के अवतरण होते ही मिला। आह। जगत् के पर्दों के भी भीतर क्या-क्या छिपा है, और उसे भाग्यवान् किस तरह अनायास ही प्राप्त कर लेते हैं, यह मैं क्या कभी विचार भी सकता था।

वाह रे मेरा सुखी जीवन और मेरा नवीन संसार! मैं सोता था हँसकर, जागता भी था हँसकर! शिशु कुमार और उसकी माता, ये दोनों ही मेरे हास्य के साधन थे। शीतकाल के प्रभात की सुनहरी धूप की तरह वह मेरा हास्य मुझे कैसा सजता था! आज 15 वर्ष से मैं उस अतीत हास्य की कल्पना करके भी एक सुख पाता हूँ।

देश मेरा प्राण और देश-सेवा मेरा व्रत था। यह बात कुछ मेरे मन के भीतर नहीं उपजी, प्रत्युत मुझे बचपन से ही सिखाई गई थी। उस आश्रम की उन अति गरिष्ठ पुस्तकों के अलावा—जिनसे सदैव भयभीत रहने पर भी मेरा पिंड नहीं छूट सका था—यही एक प्रधान विषय था, जिसे आश्रम के गुरु से शिष्य तक भिन्न-भिन्न शब्दों और शैलियों में सोचते विचारते थे।

देश की मातृभूमि है, वह मातृभूमि-माता जन्मदात्री माता से भी पूजनीय है। वही मातृभूमि विदेशी अत्याचारियों द्वारा दलित है। उसका उद्धार करना हमारे जीवन का एक व्रत है। बस, यही हमारे देश-प्रेम की रूपरेखा थी। मातृभूमि का उद्धार कैसे किया जाए, यह मैंने न कभी सोचा, न समझा, न किसी ने मुझे बताया ही। मैं मातृभूमि का उद्धार करूँगा, यह मैं चिल्लाकर कहता। वह किस तरह, यह नहीं जानता था। और इसीलिए मैं अब तक समय-समय पर चिल्ल-पुकार करने के सिवा और कुछ कार्य इस विषय में कर भी नहीं सका। मैंने समझा, यही यथेष्ट है। इसे करने में धन भी मिला और यश भी। रोज़गार-धन्धे को ढूँढ़ने की दिक्कत भी न उठानी पड़ी, यही चिल्ल-पुकार करना मेरा व्यवसाय हो गया। मैं अब जिह्वा और लेखनी दोनों से यही चिल्लाया करता। निदान, देश पर मरने वालों की फ़ेहरिस्त में मेरा नाम दूर से ही चमकने लगा। मेरी स्त्री हँसती थी। वह मुझे जीवित रखना चाहती थी, मारना नहीं। मैं कह दिया करता—ये तो कहने की बातें हैं। मरने का ऐसा यहाँ कौन-सा प्रसंग है? बस, यही उसके हास्य का विषय था। शिशु कुमार की बात कैसे भूली जाए? हँसने में चार चाँद तो वही लगाता था।

पर मैंने जो कुछ समझा वह मेरी जड़ता थी। देश का अस्तित्व एक कठोर और वास्तविक अस्तित्व था। उसकी परिस्थिति ऐसी थी कि करोड़ों नर-नारी मनुष्यत्व से गिरकर पशु की तरह जी रहे थे। संसार की महाजातियाँ जहाँ परस्पर स्पर्द्धा करती हुई जीवन-पथ पर बढ़ रही थीं, वहाँ मेरा देश और मेरे देश के करोड़ों नर-नारी केवल यह समस्या हल करने में असमर्थ थे कि कैसे अपने खंडित, तिरस्कृत, अवशिष्ट जीवन को ख़तम किया जाए? देशभक्त मित्र मेरे पास धीरे-धीरे जुटने लगे। उन्होंने देश की सुलगती आग का मुझे दिग्दर्शन कराया। मैंने भूख और अपमान की आग में जलते और छटपटाते देश के स्त्री-बच्चों को देखा। वहाँ करोड़ों विधवाएँ, करोड़ों मँगते, करोड़ों भूखे-नंगे, करोड़ों कुपढ़-मूर्ख और करोड़ों ही अकाल-ग्रास बनते हुए अबोध शिशु थे। मेरा कलेजा थर्रा गया। मैं सोचने लगा, जो बात केवल मैं कहानी-कल्पना समझता था, वह सच्ची है, और यदि मुझमें सच्ची ग़ैरत थी, तो मुझे सचमुच मरना ही चाहिए था। मैं भयभीत हो गया। मैं कह चुका था कि मैं मरने से पीछे हटने वाला नहीं हूँ। अब क्या करता? मैं बिलकुल पशु तो नहीं, बेग़ैरत भी नहीं, परन्तु मैं मरने को तैयार नहीं था। फिर भी मैं ज़बान लौटा न सका, मेरी वाग्धारा और लेखनी वैसी ही चलती रही। वास्तविकता का ज्यों-ज्यों दिग्दर्शन मुझे हुआ, वह उतनी ही अधिक मर्मस्पर्शिनी

हो गई। बोलना और लिखना मैंने सीखा था, फिर वह मेरा स्वाभाविक गुण था। शीघ्र ही मेरी सोलहों कलाएँ पूर्ण हो गईं। मैं देश में सितारे की भाँति चमकने लगा। मेरा सम्मान चरमकोटि पर पहुँचा; पर मेरा हास्य, मेरा सुख सदा के लिए गया। मैं सदा ही शंकित, चकित और चिन्तित रहता, मानो मृत्यु परछाईं की तरह सदा मेरे पीछे रहती थी। मैं उससे बहुत ही डरता था। अब मृत्यु ही मेरे हृदय और मस्तिष्क के विचारने का विषय रह गई, परन्तु क्या कहूँ? इस दुःख में भी एक वस्तु थी, जो प्राणों से चिपट रही थी—वही स्त्री और शिशु कुमार।

राजा साहब को मैंने कभी नहीं समझा, पर उनसे कभी डरा भी नहीं। उनके नेत्र अद्भुत थे, और देखने का ढंग भी अद्भुत—छोटा-सा मुख, बड़ी-बड़ी मूंछें, उस पर भारी-सा हम्मामा, और काले चश्मे से ढकी हुई वे अद्भुत रहस्यमयी आँखें। सभी कहते थे, राजा साहब से हम डरते हैं, पर मैं कभी न डरा। वे आते ही सदैव पहले मुझे प्यार करते, तब पिताजी से बात करते थे। वे पिताजी के अनन्य भक्त थे, पिताजी के दीक्षा लेने के पूर्व से ही। उनके संन्यस्त होने के बाद तो वे उनके शिष्य ही हो गए थे। बहुधा उनमें एकान्त में बातचीत होती, घण्टों और कभी-कभी दिनों तक। वे खाना पीना, सोना भी भूल जाते। तब भी मैं उनके विषय को न समझ सका था, और अब, इतना बड़ा होने पर भी, नहीं समझ सका। एक ही बात प्रकट थी कि वे बड़े भारी देशभक्त हैं। मैं भी देशभक्त था। बस, यही हमारा-उनका नाता था। वह धीरे-धीरे बढ़ा। पहले वे जैसे मुझे प्यार करते थे, वैसे अब वे शिशु कुमार को करने लगे, यह बात मुझे और मेरी पत्नी को भी भाती थी। पर वे कभी-कभी शिशु कुमार को छाती से लगाकर मेरी ओर मर्मभेदिनी दृष्टि से ताकते थे कि मैं घबरा जाता था। तभी तो मैं कहता था कि वह दृष्टि बड़ी अद्भुत थी। उस समय मैं उसे समझा नहीं, समझा तब जब मैं स्त्री, पुत्र, प्राण, जीवन सब कुछ उन्हें देकर महापथ पर महायात्रा के लिए अग्रसर हुआ। आज वे आँखें 15 वर्ष से प्रतिक्षण मुझे घूर रही हैं। उनसे एक क्षण भी बचना मेरे लिए अशक्य है।

राजा साहब ने मुझसे जिस लिए परिचय बढ़ाया था उसका मुख्य कारण धीरे-धीरे उन्होंने खोला। मैं ज्यों-ज्यों सुनता था, भयभीत होता, पर यत्न से भय को छिपाकर उत्साह प्रदर्शित करता था। फिर भी मालूम होता, मानो वे सब समझ रहे हैं। वे थोड़ी-थोड़ी बातें करते और चले जाते। एक दिन हठात् मुझे बुलाकर उन्होंने कहा—क्या तुम अपने पिता के सच्चे पुत्र और साहसी देशसेवक हो? मैं 'न' कहता किस तरह! मैंने सिंह-गर्जन की तरह हुंकार भरी। राजा साहब ने मुख्य

उद्देश्य बता दिया। मैं सन्न हो गया। वे मृत्यु को जेब में लिए फिरते थे, अपने लिए भी और मेरे लिए भी। उस महावीर के सम्मुख कायर बनना मेरे लिए शक्य न रहा। मैं 'हाँ' करता गया। स्वामीजी के सम्मुख भी 'हाँ' की। स्त्री ने हा-हाकार किया, परन्तु एक अपूर्व गर्व-भावना मन में आ गई थी। मैं पीछे न हटा। मैंने अपना जीवन राजा साहब के हाथों सौंप दिया। फिर तो मैं इस तरह उड़ा, जैसे आँधी से उड़ता हुआ और डाल से टूटा हुआ सूखा पत्ता।

मैंने अपनी आत्मा से अधिक उस पर विश्वास किया था। उसके पिता मेरे गुरु और परम श्रद्धास्पद थे। वे अपने जीवन के प्रारम्भ से ही देश के एक अप्रतिम सेवक रहे, उनकी संतान कैसे देश और जाति की मित्र न होगी? मैं इसके विपरीत सोच ही न सका। इस प्रसंग से प्रथम कई वर्ष से मैं उससे परिचित था। पत्र-व्यवहार और मुलाकात सभी में वह एक उत्कट देशभक्त, वीर युवक ध्वनित होता रहा। जब मैंने उससे अपना गम्भीर अभिप्राय निवेदन किया, तो वह एकटक मेरे मुख को देखता रह गया। उसके होंठ और कंठ सूख गए। बड़ी चेष्टा करके उसने कहा—श्रीमन्, आपने राज्य और रियासत को धूल के समान त्याग दिया; राज्य, भोग और ऐश्वर्य से दूर हो गए; रात-दिन देश और जाति की ध्वनि आपके रोम-रोम से निकलती है। अब आप क्या सचमुच प्राणों की बाज़ी भी लगा देने को तैयार हैं?

मैं तो तैयार ही था। बिना एक क्षण रुके मैंने कहा—हाँ, हाँ, अब प्राणों को छोड़कर मेरे पास और रह ही क्या गया है? ये भी जिसकी धरोहर हैं, उसे जितनी जल्दी सौंप दिए जाएँ उतना ही अच्छा। इस शरीर को इन प्राणों का भार अब सह्य नहीं है। यह गुलामी, यह काला जीवन हमारा, हम समस्त भारतवासियों का, कैसा है, समझते हो? जैसे, एक भेड़ के बच्चे का उस बाड़े के भीतर जिसके फाटक पर शिकारी कुत्तों का पहरा लग रहा है। इस पहरे के भीतर राजा रहा तो क्या, प्रजा रहा तो क्या, जीवित रहा तो क्या और मर गया तो क्या? बोलो तुम क्या कहते हो?

उसकी आँखों से झर-झर आँसू टपक गए। उसने गद्गद् कंठ से कहा—श्रीमन्, मैं भी कैसा अपदार्थ हूँ! मैं अपनी स्त्री-बच्चे को त्यागने में कष्ट पा रहा हूँ, परन्तु आप...ओह! आपके सम्मुख मैं लज्जित होने का कारण न पैदा होने दूँगा। मैं सोचूँगा, कल इसी समय मैं आपको वचन दूँगा। सिर्फ़ कलभर आप और रहने दीजिए।

"कुछ हर्ज नहीं, पर समझ लेना, मृत्यु की पद-पद पर आशंका है। भय और विपत्ति के बादलों में जाना होगा। ज़रा भी विचलित हुए, ज़रा भी स्त्री-बच्चों

के मुख का स्मरण आया, ज़रा भी मन में भीरुता आई, तो देश अतल पाताल में गया ही समझना, साथ ही पचासों वीर मित्रों की जान जाएगी। सब कुछ मिट्टी में मिल जाएगा।''

''श्रीमन्, क्या आप नहीं जानते, मैं किसका पुत्र हूँ?''

''जानता हूँ, पर तुम्हें स्वयं भी कुछ होना चाहिए।''

''तब श्रीमन् का मुझ पर विश्वास नहीं?''

''विश्वास? विश्वास अपनी आत्मा से भी अधिक है। मैं अपने विश्वास से बेफ़िक्र हूँ। मैं यह चाहता हूँ कि तुम्हें स्वयं अपने ऊपर विश्वास हो।''

वह अधोमुख होकर सोचने लगा। मैंने मन में वेदना अनुभव की। लाखों युवकों में मैंने इसे चुना है, क्या मैं धोखा खाऊँगा?

मैंने उसे विदा किया, वह चला गया।

दूसरे दिन ठीक समय पर मिलते ही उसने कहा—श्रीमन्, मैं तैयार हूँ। उसने अपना हाथ बढ़ा दिया। मैं घोर संदिग्ध अवस्था में था। क्षण-भर मैं उसे देखता रहा। क्या यह सच है? महान् विचारधाराओं के कार्य-रूप में परिणत होने का समय आ गया? ओह प्यारे भारतवर्ष।...ठहरो। मैंने खड़ा होकर उसका स्वागत किया। मैं कुछ बोल न सका। मेरे नेत्रों में आँसू थे। कुछ ठहरकर मैंने कहा—प्यारे युवक, मैं प्रतिज्ञा करता हूँ, प्राण रहते तुम्हारी रक्षा करूँगा। प्रत्येक ख़तरे को अपने सिर पर लूँगा। तुम्हें प्राणों से अधिक प्यार करूँगा, परन्तु फिर भी तुम्हें प्रतिज्ञा करनी है कि यदि कुअवसर उपस्थित हो तो अपने प्राणों को, शरीर को अपदार्थ समझोगे। अभी तुम्हारे सम्मुख जो भयानक गम्भीर भेद प्रकट होंगे, उन्हें तुम्हारे हृदय से बाहर तब तक न आना चाहिए, जब तक कि तुम्हारे हृदय को चीरकर टुकड़े-टुकड़े न कर दिया जाए। तुम सदा यह समझकर अपने जीवन को बलिदान करने के लिए तैयार रहना कि इससे सैकड़ों सच्चे वीरों के जीवन की रक्षा होगी, जो अब नहीं तो फिर कभी-न-कभी देश का उद्धार करेंगे। युवक के नेत्रों में स्थिरता थी। उसने सहज-शान्त स्वर में कहा—श्रीमन्, हर तरह परीक्षा कर लें।

मैंने कहा—तुम्हारे पिता की भक्ति मेरे हृदय में धरोहर है। मैंने उनसे आदेश ले लिया है। तुम्हारी यही परीक्षा काफ़ी है। तुम केवल मुख से एक बार कह दो कि तुम भेदों को प्राणों से बढ़कर समझोगे।

''समझूँगा।''

''विपत्ति आने पर तुम स्थिर रहोगे?''

''उसी तरह, जैसे पत्थर की मूर्ति रहती है।''

“यदि तुम्हें मृत्यु का आलिंगन करना पड़े?”

“तो मैं उसे अपने पुत्र की तरह गले लगाऊँगा।’

“यदि तुम्हें भेद लेने के लिए असह्य वेदनाएँ दी जाएँ?”

“मैं धर्म से शपथपूर्वक कहता हूँ कि मृत्यु-पर्यन्त उन्हें सहन करूँगा।’

“यदि प्रलोभन दिए जाएँ?”

“वे मुझे विचलित नहीं कर सकेंगे।”

युवक के होंठ काँपे। नेत्रों की पुतलियाँ चलायमान हुईं। मैंने अधीर होकर कहा—प्रलोभन? क्या प्रलोभन तुम्हें चलायमान न कर सकेंगे?

“नहीं श्रीमन्, अभी मैं बड़े-से-बड़े प्रलोभन को त्याग आया हूँ।”

मुझे संतोष न हुआ। मैं उठकर टहलने लगा। मैं सोचने लगा—वेदना, यातना और मृत्यु, एक ओर हैं, परन्तु प्रलोभन? ओह, इसका अन्त नहीं। यह युवक वेदना सहेगा, मृत्यु का आलिंगन भी करेगा। मैं विश्वास करता हूँ, पर प्रलोभन? ओह, विश्वास नहीं होता। शायद उसे स्वयं भी विश्वास नहीं।

युवक ने मेरे पास आकर कहा—श्रीमान् क्या विश्वास नहीं करते? “मेरे प्यारे मित्र, मैं तुम्हारे साथ अन्याय कर रहा हूँ। मुझे विश्वास करना चाहिए।” मैंने युवक को छाती से लगा लिया। मैंने कहा—लो, अब हम-तुम एक हुए, एक महान् कार्य की पूर्ति के लिए। यदि परमेश्वर को अभीष्ट हुआ तो हम मरकर भी अमर होंगे। हम दोनों करोड़ों मनुष्यों से अधिक शक्तिशाली हैं। हम पृथ्वी की महाविजयिनी शक्ति के सम्मुख चल रहे हैं—मरेंगे या विजयी होंगे।—आवेग में ही ये शब्द मुख से निकल गए। उसके बाद मेरा बाहुपाश कब शिथिल हुआ, कब वह युवक खिसककर मेरे पैरों में आ गिरा, मुझे स्मरण नहीं।

जगत् में असाधारण होना भी कैसा दुर्भाग्य है! पृथ्वी की असंख्य आँखें उसी के छिद्रान्वेषण में लगी रहती हैं। वह यदि जगत् के लिए मरता है, तो जगत् की दृष्टि में यह उसका साधारण-सा कर्त्तव्य है, किन्तु यदि वह एक क्षण भी अपने लिए जीता है तो मानो पाप का पर्वत उसके सिर पर लद जाता है। क्या यह दुर्भाग्य नहीं? अरे भाई, सभी कीड़े-मकोड़े, पशु-पक्षी, नर-नारी अपने ही लिए तो जीते हैं? अपने क्षण-भर के सुख और जीवन के लिए अनगिनत प्राणियों को नष्ट कर डालते हैं। कोई भी तो उनसे कुछ नहीं कहता। फिर हम पर ही यह अग्नि-वर्षा क्यों? मैंने सब कुछ त्यागा। जीवन के कष्ट और आपत्तियों की क्या कहूँ, अब तो सबको पार कर गया। अब उनकी स्मृति से क्यों मन को संताप

दूँ? परन्तु शरीर और हृदय, ये जब तक जीवन-तत्त्व से संयुक्त हैं, तब तक तो प्रकृत संन्यस्त में सदैव कमी रहेगी ही। यह मेरा अब तक का अनुभव है।

मैं संन्यस्त हुआ सही, पर पिता का हृदय कहाँ रक्खा जाए? पुत्र तो आत्मा और रक्त-मांस में से भाग लेकर बना था, उसका मोह कहाँ तक त्यागूँ? कहाँ तक निर्मोही बनूँ? उसकी माँ तो उसे जन्म देकर ही मर गई थी। उसने अल्प जीवन में जो कुछ दिया, अब भी वह अतीत के सब सुखों के ऊपर नृत्य कर रहा है। उस मधुर स्मृति की एक अमिट रेखा यह पुत्र था। इसे मैंने हाथों-हाथ पाला और उसे, जैसा कि मैंने चाहा था, संसार के सामने, क्रान्ति के नव्य कुमार के रूप में पेश किया। लक्षावधि देशवासी उस पर नाज़ करते थे और मैं अपनी सफलता पर मुग्ध होता था, उसी तरह जैसे किसान अपने कड़े परिश्रम से सींची हुई खेती को पकी देखकर मुग्ध होता है।

फिर भी मैं राजा साहब के वचन को न टाल सका। उनके भयानक साहस से मैं अवगत था। उनकी प्रत्येक गतिविधि से मैं परिचित था। पुत्र के अनिष्ट का भय पद-पद पर स्पष्ट था। किन्तु मुझे सहमत होना पड़ा। इसके अनेक कारण थे। देश के नाम पर बलिदान होने की मैं स्वयं उच्च स्वर से पुकार कर चुका था, पुत्र को भी वही शिक्षा दी थी। अब उसे उस मार्ग में रोककर क्यों राजा साहब और अन्य साथियों की दृष्टि में अपदार्थ बनता? लड़के में भी साहस और उत्साह था। पर उसके मर्मस्थल की दुर्बलता मैं जानता था। विलासिता उसे गिराएगी, मुझे भय था। उसने स्वयं नवजात पुत्र और पत्नी का विसर्जन कर उस भयानक यात्रा और कठोर-पथ पर राजा साहब का अनुकरण करने का अपना इरादा प्रकट किया, तब मैं स्तब्ध रह गया। मैंने कहा—पुत्र, राजा साहब का मैं चिर सहयोगी हूँ, परन्तु केवल मुख से। तुम तो इतने उत्साह से यह बात कह रहे हो, कदाचित् तुम अवश्यम्भावी विपद् से अवगत नहीं। कार्य की गुरुता और कठिनाई तुम यथावत् नहीं समझ रहे हो। यह तुमसे होने वाला कार्य नहीं, महादुस्साध्य है। यह लौहपुरुषों का महकमा है। इसके लिए वे पुरुष चाहिए जो लोहे का शरीर लोहे की आत्मा और लोहे का हृदय रखते हों। मेरे बेटे, मैं जानता हूँ। तुम वह नहीं हो। घर में बैठो, बैठे-बैठे जो बने करो। देश और जाति के लिए यही यथेष्ट है।

उसने एक न सुनी। वह मूर्ख मुझ पिता के सम्मुख भी कायर बनना न चाहता था। उसने अस्वाभाविक करारे स्वर में हठ प्रदर्शन किया और मुझे सहमति देनी पड़ी।

वही हुआ, जिसका भय था। पृथ्वी के उस छोर पर वे विपत्ति के अग्नि-समुद्र में बड़े कौशल और सावधानी से घुस रहे थे। अरे, जब अग्नि-समुद्र में घुसना था, फिर कौशल क्या? वह फँस गया, राजा साहब बाल-बाल बचकर निकल भागे। मैं यहीं बैठा उनकी गतिविधि का निरीक्षण कर रहा था। महासमर की प्रचण्ड ज्वालाएँ यूरोप को भस्म कर रही थीं। उनकी चिंगारी कब मेरी कुटी को भस्म कर देगी, यह कहना शक्य न था। यूरोप के दैनिक पत्रों को देखने के अतिरिक्त मैं और कुछ कर ही न सकता था। मन ही न लगता था। उसके उस पत्र पर सरकारी गुप्त विभाग के सर्वोच्च अधिकारी की एक टिप्पणी थी। उससे समझ गया, पुत्र की मृत्यु का मूल्य बहुत अधिक है। वह मूल्य मेरे पास था तो, पर मैंने बहुत चेष्टा की कि प्राण देकर उस मूल्य को न दूँ। पर हाय! अवसर ही ऐसा आ गया, मेरे प्राणों का कुछ भी मूल्य इस सौदे में न रहा। उसने सब कुछ कह दिया था। उसके वक्तव्य की सत्यता के प्रमाण मात्र मेरे पास थे। मैं कई दिन तक उसके बच्चे को छाती से लगाकर तड़पता फिरा। अपने संन्यास वेश की असत्यता मुझ पर खुल गई। ओह, मुझे वह काला काम करना पड़ा। मैंने पुत्र के प्राणों की पिता की तरह रक्षा की।

पर उसके बदले हुआ क्या। देश-भर में तलाशियों और गिरफ़्तारियों की धूम मच गई। होनहार, अटपटे वीरों ने हँसते-हँसते फाँसी पाई। कुछ कालेपानी जाकर वहीं घुल गए। कुछ युग व्यतीत कर लौट आए। देशोद्धार का सुयोग अतल पाताल में चला गया। मेरे दुष्कर्म का यह भेद एक राजा साहब को ही मालूम था, पर वे भारत में आ न सकते थे। एक पत्र उन्होंने भेजा था। ओह, जाने दो, जब उसे भस्म कर दिया है, तब उसकी चर्चा क्यों? जिस बात के भूलने में सुख है, उसे हठपूर्वक स्मरण क्यों किया जाए?

महाजातियों का यह संघर्ष कैसा सुन्दर है। यदि मैं भी इन्हीं जातियों में जन्म लेने का सौभाग्य प्राप्त करता तो क्या आज चूहे की तरह इधर-से-उधर प्राण बचाता फिरता? महाशक्ति की सेनाओं की कमान इन्हीं हाथों में होती, पर जीवन में कभी वह क्षण आएगा भी? आए या न आए, मैं अन्त तक न थकूँगा। भोजन और सोना कई दिन से नसीब नहीं हुए। नाविक के वेश में, मछलियों की सड़ी गंध में छिपे-छिपे सिर भन्ना गया, पर विपत्ति तो अभी सिर पर है। वह दूर पर रण की तोपों का गर्जन सुनाई पड़ रहा है। वह सर्चलाइट का श्वेत सर्प समुद्र पर लहरा रहा है। किन्तु प्रभात होते ही तो किनारे लगेंगे? किनारे पर शत्रु हैं या मित्र, कौन जाने? मित्र हुए तो इस बार जान बची, पर यदि शत्रु

हुए तो आज ही प्राणान्त है। जीवन भी कैसी चीज़ है? इस समय राजमहल याद आ रहे हैं। महारानी मानो करुण नेत्रों से झाँक रही हैं, परन्तु क्या इस महायुद्ध में मैं अपने वंशधरों की भाँति अपने देश के लिए जूझने में पीछे रहूँ? जूझने के ढंग तो यथावसर निराले होते ही हैं, परन्तु जिन विदेशियों को मैं मित्र बनाकर अपना और अपने देश का ऐसा गम्भीर दायित्व सौंप रहा हूँ, वे क्या सच्चे रहेंगे? एक विदेशी से प्राण छुड़ाने को दूसरे का आश्रय लेना सुन्दर नीति तो नहीं, परन्तु दूसरी गति भी नहीं थी। फिर, अब लौटने का उपाय भी तो नहीं है। एक बार देश में आग फैल जाए। अमन, आराम और शान्ति की इच्छा नष्ट हो जाए, देश जूझ मरने की हौंस मन में उत्पन्न करे, फिर तो आज़ादी स्वयं ही आ जाएगी। यह महासमर तो महाराज्यों के भाग्य का निबटारा करेगा, महाजातियों के भाग्य का निबटारा तो कहीं अन्यत्र ही होगा। सुदूरपूर्व में शान्त समुद्र की लहरें रक्त से लाल होंगी, एशिया की प्रसुप्त आत्मा जागरित होकर हुंकार भरेगी, तब यूरोप का श्वेत दर्प ध्वंस होगा। उसी दिन के लिए तो मेरा आयोजन है। ओह! अभी मुझे बहुत काम हैं, पहली यात्रा में ही यह विघ्न हुआ।

अभी मुझे बारम्बार चीन, जापान, रूस, अमेरिका और न जाने कहाँ-कहाँ जाना होगा। महाविध्वंस क्या यों ही हो जाएगा? परन्तु वह युवक तो फँस गया। बुरा हुआ। बचना संभव ही न था। महासाहस उसमें न था। चिन्तनीय बात तो यह है कि सब कुछ उसे ज्ञात है। आवश्यक काग़ज़ भी बहुत-से वहीं रह गए हैं। तब वह क्या प्राणों के लोभ से देश को चौपट करेगा? विश्वासघाती होगा? मरने में क्षण-भर का ही तो दुःख है। वह अवश्य उसे सह लेगा, भेद न खोलेगा। फिर भी सचेत रहना आवश्यक है। मुझे अब नया कार्यक्रम बनाना उचित है। अपने मार्ग की गति भी बदलनी उचित है। ये नाविक विश्वसनीय हैं, परन्तु मैं कुछ और ही करूँगा।

ओह देश! मेरे प्यारे स्वदेश! यह तन, मन, धन, सब तुझ पर न्यौछावर है। तेरी एक-एक रज-कण में मेरे जैसे लाख शरीर बनते-बिगड़ते हैं। फिर इस शरीर का क्या मोह? मेरे प्यारे स्वदेश! मैंने सब कुछ तुझे दिया है। अब प्राण भी दूँगा। इस धरोहर को पास रखने योग्य अब मेरे पास ठौर भी नहीं रह गया है। आह, क्या कभी मैं तुझे देख सकूँगा? वह नील श्यामल रूप! अरे बचपन की क्या-क्या बातें याद आ रही हैं? परन्तु नहीं, मुझे इस समय कायर नहीं बनना चाहिए। मैं प्रण करता हूँ, देश की भूमि पर तभी पैर रक्खूँगा, जब उसे पूर्ण स्वाधीन कर लूँगा।

प्राण बचे तो, पर वे मोल बिक गए थे। उन पर मेरा काबू न था। अब स्वेच्छानुसार मैं न कुछ कर सकता था, न सोच सकता था। उन बहुमूल्य गोपनीय बातों के बदले मुझे गुप्त विभाग में उच्च पद मिला था। मेरे प्राण जैसे मेरे लिए कीमती थे, वैसे ही उस गुप्त विभाग के लिए भी थे। मेरा जीवन रहस्यमय था। मेरे हृदय में कुछ और भी है, तथा मेरी ओट में कुछ रहस्य-भेद होगा, इस तत्त्व ने मेरे प्राणों को इस अधम शरीर में सुरक्षित रखा और इस कापुरुष ने यही ग़नीमत समझा। शिशु की फैली हुई बाँहें और हँसता हुआ मुख मैं कुछ काल तक देखता रहा, उस जेल-यन्त्रणा और मृत्यु की कोठरी में भी और इस अफ़सरी की सुखद किन्तु भीषण कुर्सी पर भी। परन्तु पाप के पथ पर तो पाप की हाट लगी ही रहती है। फिर लिली की बात क्यों छिपाऊँ? न जाने क्यों वह मुझ अभागे पर मुग्ध हुई। उसका पति मेरा उच्च आफ़ीसर था। हम लोगों ने विष द्वारा उस कंटक को दूर कर दिया। अब लिली थी और मैं था। परन्तु मृतात्मा हमारे बीच में जीवित की अपेक्षा अधिक भयानक रूप में थी। एक बार फाँसी के फँदे को हम दोनों ने अपने संयुक्त गर्दनों के इर्द-गिर्द देखा। हमने सोचा, यहाँ से भाग चलें। तार दिया, जहाज का टिकट भी ले लिया, पर भाग न सके। जहाज़ पर ख़ूनी आसामी कहकर पकड़े गए। पर लिली का रोना देखने योग्य था। वह छूटती कैसे, हड्डियों तक घुस गई थी। हताश, दोनों मृत्यु का आलिंगन करने को तैयार हो गए। परन्तु ये कठिन प्राण तो इस शरीर में जमकर बैठे थे। उन्हीं शक्तियों ने प्राण बचा लिए। मैं लिली के मृतक पति के पद पर उसी मृतक के नाम से बैठ गया। लिली अब वास्तव में मेरी पत्नी थी। अब मानो मैं मर गया हूँ, मैं नहीं हूँ, जिसे मैंने लिली के लिए मारा, मानो वह मैं हूँ। शिशु का यह हास्य और पत्नी के वे नेत्र अब भी कभी-कभी स्वप्न की तरह स्मरण आते हैं, पर पूर्वजन्म की इन बातों में अब क्या रक्खा है? लिली से मैं अब भी प्यार की आशा करता था। छिः! कैसी विडम्बना है। पति के हत्यारे को प्यार करना क्या साधारण है? फिर यदि प्रेम की सुखद गोद में हत्या जैसा पाप घुस जाए, तब वह जिन्हें सुखद प्रतीत हो वे निश्चय ही राक्षस होंगे। हृदय की उन वेदनाओं को क्या कहा जाए, जिन्होंने शरीर को नष्ट कर दिया है? और वह अभागा भी कैसा दुःखी जीव है जो उसी के साथ रहने को विवश किया गया है जो उससे घृणा करती है? हमारे रस की प्रत्येक बूँद में विष है, पर उसे रस कहकर पीना हम दोनों के लिए अनिवार्य है। हाय रे प्रारब्ध!

मैं अभागिनी अबला स्त्री क्या करती। मरना सुखकर था, परन्तु शिशु कुमार के मन्द हास्य ने उसे दुरूह कर दिया। क्या कोई भी माँ अपने फूल से बच्चे को इसी तरह हँसते छोड़कर मर सकती है? अब तो मैं पहले माँ थी, पीछे पत्नी। इसीलिए गोद के शिशु को धरती में पटककर परोक्ष पति के नाम पर मरना मेरे लिए सम्भव ही न रहा। मैं सुख-दुःख के बीच झूलती रही। मैं मृत्यु और जीवन की ड्योढ़ियों में पड़ी ठोकर खाती रही। मुझ दुखिया के कष्ट, मूक मनोवेदना का अनुमान तो कीजिए? मेरी बात पूछने वाला कौन था? मेरे मन को सहारा किसका था? मैं पति के सहवासकाल की प्रत्येक घटना, प्रत्येक बात, अपनी आँखों से प्रतिक्षण देखती, सोते समय और जागते समय भी। मैं कभी हँसती और कभी रो देती। कभी सोते-सोते या बैठे-ही-बैठे चमक उठती। मुझे ऐसा प्रतीत होता था मानो वे आ गए। उन्होंने अभी-अभी शिशु कुमार को आवाज़ दी है। कण्ठ-स्वर में मैं प्रत्यक्ष सुन पाती। मैं द्वार की ओर दौड़ती, परन्तु तत्काल ही समझ जाती, ओह! कुछ नहीं, यह सब मनोविकार था। मैं नहीं कह सकती कि सोने के समय जागती थी या जागने के समय सोती थी। प्रायः मैं जड़वत् बैठी रहती। उस समय मैं किसी की कोई बात ही न सुन पाती थी। मैं उस समय देखती थी—वे उन्हें पकड़कर फाँसी पर चढ़ा रहे हैं, उनके शरीर में तलवार घुसेड़ रहे हैं। शरीर रक्त से भर रहा है। मैं एकाएक चीत्कार कर उठती, और फिर धरती पर धड़ाम से गिरकर बेहोश हो जाती थी।

शिशु कुमार को देखकर ही मैं सचेत रह सकती थी। मुझे तब वास्तव में हँसना ही पड़ता था। वह उनके सिखाए ढंग पर मेरे गले में बाँहें डालकर जब ज़रा-ज़रा तोतली वाणी से सितार की झनकार के स्वर में कहता—माताजी, 'रूठो मत' तब मैं मानो किसी गूढ़ जगत् से एकाएक भूतल पर आती। होंठों पर मुस्कान न आती, पर नेत्रों में आँसू आ जाते थे। उन्हें शिशु कुमार से छिपाने के लिए मैं उसे ज़ोर-से छाती से लगा लेती थी।

उस दिन स्वामीजी एकाएक मेरे सम्मुख आ खड़े हुए। उनके होंठ काँप रहे थे और पैर लड़खड़ा रहे थे। उनके मुख पर हवाइयाँ उड़ रही थीं, वे कुछ कहना चाहते थे, पर बोली न निकलती थी। मैं घबराकर उठ खड़ी हुई। मैंने कभी उन्हें इतना विचलित न देखा था। मैंने कहा—बात क्या है पिताजी? "वह जीवित है, वह आ रहा है" वे अधिक न बोल सके। आँसुओं की धारा उनके नेत्रों से बहने लगी। उन्होंने मुँह फेरकर अच्छी तरह रुदन किया।

मेरे शरीर में रक्त की गति रुक गई। मेरी हड्डी-हड्डी काँपने लगी। मैंने खड़े

रहने की बड़ी चेष्टा की, पर न रह सकी। मेरा सिर घूम रहा था, छाती फटी पड़ती थी। मैं बैठ गई या गिर गई। स्मरण नहीं।

स्वामीजी ने घूमकर कहा—बेटी, आज सातवीं तारीख़ है। दस तारीख़ के प्रातःकाल जहाज़ बम्बई के बन्दरगाह पर लगेगा। हमें आज ही चलना होगा। तुम अपना सामान ले लो। अभी समय है। गाड़ी साढ़े नौ पर चलती है। वे इतना कहकर चले गए।

मार्ग में मैं जीवित थी या मृत, नहीं कह सकती। बम्बई कब पहुँची, स्मरण नहीं। रेल दौड़ रही थी, मैं मानो आकाश में घुसी जा रही थी, मानों मैं अभी सूर्यमण्डल को भेदन करूँगी। डेक पर सहस्रावधि नर-नारी खड़े थे। एक भीमकाय जहाज़ उन्मत्त समुद्र की जल-राशि के हृदय को विदीर्ण करता हुआ भयानक दानव की तरह तट की ओर निकट आ रहा था। मेरी संज्ञा प्रायः लुप्त थी। जहाज़ के डेक पर लगते ही नर-नारियों का समुद्र किनारे उतरने लगा। मैं सम्पूर्ण चेष्टा से उनके बीच कुछ खोज सकने-भर की संज्ञा संचित कर रही थी। सब कुछ एक रंगीन बिन्दु के समान दीख पड़ता था। नहीं कह सकती कब तक हम लोग खड़े रहे। हठात् स्वामीजी ने कहा—इस जहाज़ में तो वह नहीं है। क्या कारण हुआ। उनके प्रदीप्त नेत्र दूर तक घूमकर मेरे मुख पर आ लगे। बम्बई आने पर यही शब्द मैं ठीक-ठीक सुन सकी। मैं समझी, यह सब मृग-मरीचिका थी। वे नहीं आए, वे नहीं आएँगे। मैंने अनन्त तक फैली हुई जल-राशि पर दृष्टि दौड़ाई। हठात् मेरे मन में एक भाव उदय हुआ। मैंने कहा—पिताजी, तब मैं कहाँ जाऊँगी? मेरे ये शब्द मेरे ही कानों में तोप के भीषण गर्जन की तरह प्रतीत हुए।

स्वामीजी ने मेरे मुख की तरफ़ देखा। उन्होंने आश्वासन देकर कहा—अवश्य कुछ कारण हुआ है। पत्र या तार शीघ्र मिलेगा। तब भविष्य के कर्त्तव्य पर विचार करेंगे। अभी घर चलो। मैंने एक पग भी न हिलाया। बहुत तर्क हुआ। विजय मेरी हुई। सोते हुए शिशु कुमार को छोटी बहू की गोद में सौंप, उसे बिना ही अच्छी तरह देखे, उसे बिना ही चूमे, मैं अनन्त समुद्र के पार, उस अज्ञात प्रदेश में, उस पति को ढूँढ लाने चली। मेरा माता होना धिक्कार हुआ! हाय रे! अधम नारी हृदय!

इस कृष्णकाय और साधारण पुरुष ने क्या जादू कर दिया? ओह, मैंने कैसा घोर दुष्कर्म किया? अब इन रक्तरंजित हाथों को कौन प्यार करेगा! यही व्यक्ति? और वह कितना भयानक, कितना घृणास्पद है! क्यों यह पापिष्ठ हमारे बीच में आया? क्यों इसने हमारे प्रशान्त प्रेम में आग लगाई? मैं इसे घृणा करती हूँ।

पति की मृतक आँखें कैसी चमक रही हैं। वे सब कुछ जानती हैं। उन्होंने अपना सभी प्रेम और विश्वास मुझे दिया, इसीलिए कि मैं अपनी वासना के लिए उनका प्राण हरण करूँ? परन्तु अब तो मैं इसके साथ रहने के लिए बाध्य हूँ, छुटकारा पा नहीं सकती। यह वह विदेशी कृष्णकाय हत्यारा नहीं, मेरा वही पति है। इसमें क्या राजनीतिक महत्त्व है, इसे तो वह गुप्त-विभाग जाने, जिसने इस भाग्यहीन को इतना बड़ा पद दिया है। पर मैं कैसे मान लूँ? क्या आँखें फोड़ लूँ, हृदय को चीर डालूँ?

सुनती थी कि यह विवाहित है। इसके पुत्र, पत्नी है। आज उसे देख भी लिया। वह इसे ले जाने के लिए यहाँ आई है, पर वह सब कैसे सम्भव हो सकता है? अब यदि यह अपना पूर्व नाम भी स्मरण करेगा तो उसकी सज़ा मौत है। और कैसी भयानक बात है। मैं उससे मिली, कितनी सीधी-सादी, दुखिया स्त्री है। वह अपने हट पर है। किन्तु उसे मालूम नहीं कि प्रबल और समर्थ हाथ उसके विपरीत है। अपराध का इतना समर्थन कहाँ किसने देखा होगा? ओफ़!

कल मैंने उन्हें देखा। वही थे, किन्तु कितना परिवर्तन हो गया है! फिर भी मेरी आँखें क्या उन्हें भूल सकती थीं? उन्होंने भी देखा। मैं समझ गई, उनकी हड्डी तक काँप गई है, पर क्यों? वे दौड़कर क्यों नहीं मेरे पास आए? इतना डरे क्यों? क्या पहचाना नहीं? ओह, हे ईश्वर, तब मेरे लिए ठौर कहाँ है? इतना करके भी मैं वंचित रही? आशा के कच्चे तार के सहारे ये प्राण इस अधम शरीर को यहाँ तक ले आए। आकर जो पाना था पाया भी, पर क्या मैं पाकर भी न पा सकूँगी? ओह पति के नाम पर मर-मिटने वालियों से भी मेरा साहस बढ़कर है। मैं आगे बढ़ी। दिन छिप गया था। गहरा कोहरा इस विदेश की महानगरी में अद्‌भुत और भयानक मालूम होता था। प्रकाश-स्तम्भों की धुँधली रोशनी में मैं उनके पीछे बढ़ी चली गई और साहसपूर्वक उनका हाथ पकड़ लिया। उन्होंने रुककर देखा, भद्र विदेशी भाषा में उन्होंने कहा—देवि, आप कौन हैं? क्यों आपने मुझे रोका है? आपका क्या काम है, कहिए?—अरे! वही तो कंठ-स्वर था। सदा तो इसे मैंने सुना है, पर अपरिचित शब्द-जाल कैसा? मैं रो उठी, मैं गिर गई, चरणों पर नहीं, धरती पर। उन्होंने मुझ उठाया, तसल्ली दी। मैंने देखा, वही, वही, वही हैं। मैंने गले में बाँहें डाल दीं। जितना रो सकती थी, रोई। मैंने कहा—दासी पर यह निष्ठुरता क्यों? यदि वह अपराधिनी है, तो शिशु कुमार को क्यों भूल गए? देखो प्यारे, वह सूखकर कांटा हो गया है। वह सदैव तुम्हारा ही नाम रटा करता है। तुमने स्वयं उसे अपना नाम रटाया था। वे भी रो उठे। अन्त

में उन्होंने कहा—प्रिये, धीरज धरो। मेरे कलेजे की आग देखो। मैं जीवन्मृत हूँ, मैं कब का मर चुका हूँ। सरकारी खातों में मेरी मृत्यु-तिथि दर्ज है। पर जो वास्तव में मर गया है, उस नाम से मैं जीवित हूँ। उसका नाम मेरा नाम है, उसका पद मेरा पद है, उसकी स्त्री मेरी स्त्री है। ओह! वह मुझे घृणा करती है, और मैं उसे। हम दोनों हत्या के अभियुक्त है। फाँसी की रस्सी हम दोनों की गर्दनों के चारों ओर पड़ी है। ज्यों ही हमने यह भेद खोला—अपना पूर्व नाम जाना, कि उसका फंदा कस दिया गया। उसी दिन यह अधम देह प्राणों से रहित हो जाएगी।

मैंने यह भेद समझा ही नहीं। मैं अवाक् रह गई। पर जो कुछ सुनना था, सभी सुना। मैंने कहा—मैं अधिकारियों से कहूँगी, कानून से लड़ूँगी। उन्होंने कहा—सभी तरह मेरे प्राण जाएँगे। मेरे प्राण लेकर तुम क्या करोगी? क्या इसीलिए यहाँ आई हो?

मैं क्या करती? मैं मूर्च्छित हो गई। उन्होंने धीरे-धीरे कहा—मेरे पास बहुत धन हो गया है। चाहे जितना ले जाओ। शिशु कुमार को पढ़ाओ और अपने सधवा होने की बात भूल जाओ। मैं यदि मर सकता तो तभी मरता, जब वीर की तरह मरने का संयोग आया था। अब इस तरह जीने के बाद, ज्यों-ज्यों पाप और कायरता शरीर में घुसती जाती है, त्यों-त्यों मैं मरने से भय खाता जाता हूँ, प्रिये, तुमने बहुत सहन किया है, और भी सहन करो। मुझे तब तक जीने दो, जब तक जी सकता हूँ। ग्लानि और अनुताप को मैं सहन कर गया हूँ। इससे अब ज्यादा कष्ट और कौन होगा?

मैंने कहा—जिस मूल्य में तुम जीवित रहो, वह मैं दूँगी। मैं भयभीत नहीं, शोकाकुल भी नहीं। मैं दस वर्ष पूर्व भीरू स्त्री थी, पर तुम्हारे वियोग और जीवन की कठिनाइयों ने मुझे पुरुष-सा साहसी बना दिया है। अब मैं उन तमाम अतीत स्मृतियों को भूल जाऊँगी, जिनके सहारे जी रही थी। जब तुम 'जीवन्मृत' हो तो मैं भी जीवन्मृत हुई। वे सब कुछ पिछले जन्म की बातें हुईं। वह गंगा का उपकूल, वे जीवन के उल्लासपूर्ण दिवस, उस वनवीथिका में तुम्हारा खो जाना, वह शिशु कुमार के जन्म से प्रथम का प्यार, उसके जन्म-दिन का वह दुर्लभ उपहार...आह! वे सब मेरे पूर्वजन्म की बातें हैं। मैं उस जन्म में पुत्रवती, सौभाग्य-सिन्दूर की अधिकारिणी, प्रेम और दुलार की पुतली थी। आज उन्हें भूलना भी कठिन है और याद रखना भी दुर्लभ! पर भूलूं तो क्या? और याद रखूँ तो क्या? जिसे पा नहीं सकती, उसकी कल्पना करने से ही क्या लाभ?

मेरे इस असाधारण साहस का यही फल हुआ। मैंने उन्हें विदा किया, इस जन्म के लिए। मेरा उनका शरीर-सम्बन्ध विच्छेद हुआ। उन्होंने मुझे बहुत-कुछ देना चाहा, पर मैंने स्वीकार न किया। मैंने कहा—तुमने अपने सुख के दिनों में जो शिशु कुमार मुझे दिया है, वही मेरे लिए बहुत है। मैं उसी के सहारे अवशिष्ट आयु काट दूँगी। तुम जाओ और पाप, छल, पाखंड, विश्वासघात में जीवन बिताओ। मेरे जीवन्मृत स्वामी, तुम्हें धिक्कार है। मैं तुम्हारा धन छू नहीं सकती, मैं पसीना बेचकर अपना और शिशु कुमार का पेट भरूँगी।—मैं चली आई।

मुहब्बत

राजा-रईसों के जीवन कितने विलासमय, वासनापूर्ण और अरक्षित होते हैं, और बहुधा वे ख़तरनाक घटनाओं के शिकार हो जाते हैं—इसका एक तथ्यपूर्ण उदाहरण प्रस्तुत कहानी में है। आचार्य का राजा-रजवाड़ों से गहरा सम्पर्क रहा है, अतः इस कहानी में उसकी अनुभूति की स्पष्ट छाप है।

राजा साहब की आँखें हँस रही थीं। उन्हीं आँखों से उन्होंने मेरी ओर देखा, मुस्कराए और मसनद पर उठंग बैठकर मेरी ओर झुककर धीमे स्वर में कहा—देखी मुहब्बत। मतलब न समझ सकने पर मैंने आँखों में ही प्रश्न किया। राजा साहब ने चार बीड़ा पान मुँह में ठूँसते हुए कहा—आप आँख वाले हैं—देखिए साहब।

राजा साहब बहुत खुश थे। रियासती अदब और शिष्टाचार वातावरण में भर रहा था। कुँवर साहब भी एक कोने में सजे-धजे बैठे थे। जरवफकी शेरवानी, सिर पर मंडील उस पर हीरों की कलगी, गले में पन्ने का भारी कंठा। मगर आँखें नीचे झुकी हुईं। राजा साहब की एक-एक बात पर कहकहे पड़ रहे थे, बीच-बीच में मुखरा बी साहिबा भी फ़िकरा कस देती थीं। जिस पर कहकहा तो लाज़िमी था, मगर क्या मजाल कि कुंवर की मूंछों का बाल भी मुस्करा जाए। महफ़िल में बैठना उनके लिए दरबारी अदब के लिए जितना ज़रूरी था उससे अधिक महाराज के अदब से आँखें नीची रखना भी ज़रूरी था। सरंगियों की उंगलियाँ सिसकारी भर रही थीं और तबला तड़पकर हाय-हाय कर रहा था। मुझे यह सब 18वीं शताब्दी का सामंतशाही दृश्य बिल्कुल ही भोंडा जँच रहा था। संगीत के नाम पर वह केवल चीख थी और नृत्य के नाम पर उछल-कूद। मगर लोग थे कि छिन-छिन पर वाह-वाह के नारे लगा रहे थे। कहकहों की धूम मची थी और वेश्याओं पर वाहवाही के साथ इनाम, न्यौछावरी की वर्षा हो रही थी। मुस्कराना

तो मुझे भी पड़ रहा था। क्या करूँ, राजा साहब का इतना लिहाज़ तो ज़रूरी था। मगर 'वाह' तो मेरे फूटे मुँह से एक बार भी नहीं निकलती थी। अब तो राजा साहब ने मेरी आँखों को एक चुनौती दी तो मैं चश्मे से घूर-घूरकर अहमक की तरह इधर-उधर देखने लगा। राजा साहब मेरी बेवकूफी पर रहम खाकर रह गए।

लेकिन कुछ क्षण बाद ही राजा साहब ने हुक्म दिया—मुहब्बत खड़ी हो। और तब मैंने मुहब्बत को देखा, कुछ समझा भी। कम-से-कम राजा साहब का दिल तो समझ ही गया। लम्बा, छरहरा, नपातुला बदन, चमकते सोने का रंग, बड़ी-बड़ी मदभरी आँखें, चाँदी का-सा साफ माथा, भौंरे-सी गुंजनभरी लटें, दूज के चाँद के समान पतली भौंहें और बिल्कुल 16 अंगुल की कमर। पैर की ठोकर दी तो घुंघरू बजे; फिर ठोकर दी, फिर दी, ठोकरों की झड़ी लगाई, घुंघरू बजे छम-छम, छमाछम, छमाछम। छमछमाछम। और फिर देखी वह सोलह अंगुल वाली कमर, बल खाती, इठलाती नागिन-सी लहराती और उस पर तैरता वह अछूता यौवन। मदभरी आँखें, तिरछी भौंहें। यहीं पर बस नहीं। कोयल की कुहू। पंचम की तान।

मसनद पर झुककर मैंने राजा साहब के कान के पास मुँह ले जाकर कहा—देखा महाराज; अब देखा।

राजा साहब ने भौंहें तरेरकर कहा—अब क्या देखा? ख़ाक। अब तो धुनिए-जुलाहे सब देख चुके। सबकी नज़र पड़ चुकी, जूठी हो चुकी। उन्होंने फिर अपना चाँदी का पानदान खोल चार बीड़े पान के हलक में ठूँस लिए और मेरी तरफ़ से मुँह फेर लिया।

क्या करूँ। देहाती दहकानी ठहरा। राजा साहब को खुश करने का कोई ढंग ही नहीं नज़र आया। मन मारकर मुहब्बत का नृत्य देखने लगा।

दोनों गालों में पान ठूँसे, उसे पेश करते, हँसते हुए एक ने कहा—गज़ल गाओ। बनारस के बबुआ साहब ने एक मुट्ठी इलायचियाँ पेश करते हुए कहा—जी नहीं, कोई ठुमरी। मुंशीजी तड़पकर बोले—नहीं सरकार, कोई पक्की चीज़ होने दीजिए। राजा साहब ने मेरी ओर मुँह करके कहा—आप फ़र्माइश कीजिए। मैंने झेंपते हुए कहा—कोई ऐसी चीज़ सुनाइए जिसमें मुहब्बत का दरिया बह जाए।

राजा साहब खिलखिलाकर हँस पड़े। हँसी का फव्वारा फूट गया। भला राजा साहब हँसें और महफ़िल चुप रह जाए? बी साहिबा ने भी फिकरा जड़ा—तो हुज़ूर, इस मुहब्बत के दरिया से प्यास किसकी बुझेगी?

मैंने कहा—प्यास पंछियों की बुझेगी, मगर कोई मर्द बच्चा डुबकी लगा बैठे तो अजब नहीं।

राजा साहब दुहत्तड़ जाँघों पर मारकर उछल पड़े—खूब कहा, खूब कहा। मुहब्बत झेंपकर झुक गई। कुछ देर में कहकहों का तूफान थमा और मुहब्बत ने एक ग़ज़ल गाई।

जान बची लाखों पाए। राजा साहब खुश हो गए। मैंने समझा, ठीक मुसाहिबी हुई।

दूसरे दिन रात को राजा साहब ने बुलावा भेजा। जाकर देखा दीवानख़ाने में राजा साहब और मुहब्बत दोनों ही हैं। पास में राजा साहब के मुँह लगे पेशकार राजा साहब का बड़ा-सा चाँदी का पानदान गोद में लिए बैठे हैं।

मुहब्बत ने आधी ताज़ीम दी और सलाम किया। मैंने कहा—मुबारकबादी देता हूँ। आप एक ही कमाल हैं।

"जी हाँ, कल आप नहीं बना सके, सो अब बनाइए"—मुहब्बत ने टेढ़ी नज़रों से देखकर कहा।

"नहीं, नहीं, ऐसा नहीं है, आपका फन ही ऐसा है कि जो देखेगा सिर धुनने लगेगा।"

"आखखा, तो इसी से हुज़ूर कल इस कदर सिर धुन रहे थे।" मुहब्बत ने खास तीखा तीर चलाया था। मैंने झेंप मिटाने को कहा—जी मैं दहकानी न सही—सारी महफिल ही सिर धुन रही थी।

"शुक्रिया, तो इस बात के हुज़ूर एक मातवर गवाह हैं।"

राजा साहब ने नकली गम्भीरता से कहा—वे सब सिर धुनने वाले सही-सलामत तो हैं न?

मुहब्बत ने कहा—एक वे मुन्शीजी तो कल ही मर रहे थे।

राजा साहब पचास को पार कर गए थे। दुबले-पतले, कोई ढाई माशे के लखनवी आदमी थे। रंग पक्का, खोपड़ी गंजी, आँखों में मोटे शीशे का चश्मा, खाने-पीने और कपड़े-लत्तों से असावधान, मगर पक्के पियक्कड़। धुन के पक्के और सनकी।

दो रानियाँ ज़िन्दा हाज़िर थीं। एक सही मानों में धर्मपत्नी। जो सिर्फ़ महलों में धरी रहती थीं। दूसरी तीखी समालोचक, विदुषी और डिक्टेटर।

मेरे राजा साहब से अनेक नाते थे। मैं उनका चिकित्सक तो था ही, मित्र भी था। वे मेरा विश्वास करते थे, दिल खोलकर बात करते थे। अनेक बार मैंने

उनके प्राणों की रक्षा की, प्रतिष्ठा की भी। बहुत बार राजा साहब के आँसू मैंने देखे थे। मेरे सम्मुख राजा साहब वास्तव में एक निरीह व्यक्ति थे। राजा नहीं।

साल में 2-3 दौरे रियासत में लग ही जाते थे। परन्तु इस बार व्यस्त रहने से कुछ देर में जाना हुआ। जाकर देखा, सर्दी से बचने के लिए राजा साहब रज़ाई में लिपटे हुए अंगीठी ताप रहे हैं—पास बैठी है मुहब्बत। वह मुहब्बत नहीं जो पिछले साल देखी थी—हुज़ूर कहकर पुकारने वाली, झुककर सलाम करने वाली। यह तो दानी की गुण-गरिमा से पूर्ण स्त्री थी। उसकी आँखों में गर्व और बातचीत में रानीपन की साफ़ झलक थी। मैं सुन चुका था कि महाराज के आदेश से कुँवर साहबान उसकी ताज़ीम करते हैं, राजवधू उसे अभ्युत्थान देती हैं। सुनकर ही मेरा मन विद्रोह से सुलग उठा। और जब मेरे वहाँ पहुँचने पर उसने मुझे ताज़ीम नहीं दी, उल्टे मुझी से ताज़ीम चाही तो मैंने उस औरत की तरफ़ से एकबारगी ही मुँह फेर लिया। मैं उसकी ओर बिना ही देखे राजा साहब से बातें करने लगा।

राजा साहब ने देखा। देखकर मुस्कराए। मुस्कराकर कहा—पहचाना नहीं।

मैंने आश्चर्य का नाट्य करते हुए कहा—नहीं महाराज।

''मुहब्बत है''—सरल आँखों से उसकी ओर ताकते हुए उन्होंने कहा।

मैंने कहा—ओफ़, बिलकुल ही सूखकर खुश्क हो गई।

राजा साहब ने आँखें मेरी ओर उठाकर कहा—कौन?

''मुहब्बत महाराज।'' मैंने थोड़े दर्द से कहा। महाराज एकदम खिलखिलाकर हँस पड़े, बोले—इतनी मोटी तो हो रही है। आप कहते हैं सूख गई।

मैंने आँखें नीचे करके रूखे स्वर में कहा—महाराज शायद ख़ातून का ज़िक्र कर रहे हैं? परन्तु मैंने महाराज से मुहब्बत की बाबत अर्ज़ की?

''खूब हैं आप।'' राजा साहब हँसकर बोले—मुहब्बत को मुहब्बत से जुदा करते हैं आप। ख़ैर, अब यह देखिए कि इनका मिजाज़ कैसा है? इस बार तो मैंने इन्हीं के लिए आपको कष्ट दिया है।

अपनी अप्रसन्नता को मैंने छिपाया नहीं। थोड़ा रूखे स्वर में मैंने कहा—महाराज ने इतनी-सी बात के लिए नाहक तकलीफ़ दी। रियासत के डॉक्टर या नर्स क्या इतना भी नहीं कर सकते?

मेरा जवाब राजा साहब को पसन्द नहीं आया। उनका चेहरा उदास हो गया, परन्तु प्रथम इसके वे कुछ कहें मैं उठ खड़ा हुआ। मैंने मुहब्बत से कहा—दूसरे कमरे में चलो देखूँ, क्या बात है।

स्पष्ट था कि वह मेरी भावना को ताड़ गई। उसकी त्योरियों में बल पड़

गए। जब मैं उसकी परीक्षा कर चुका और चलने लगा तो उसने कहा—कड़वी दवा मत दीजिए। नहीं खा सकूँगी।

मैंने उलटकर देखा। मेरी आँखें जलने लगीं।

मैंने कहा—क्यों?

"मैं कड़वी दवा नहीं खा सकूँगी।"

मैंने जवाब नहीं दिया। गहरी विरक्ति और कुत्सा से मेरा मन भर गया।

"आप स्थानीय डॉक्टर साहब को ज़रा बुला लीजिए, मैं उन्हें समझा दूँगा। इनकी चिकित्सा-व्यवस्था हो जाएगी।"

और इस प्रकार, डॉक्टर साहब का चरण अन्तःपुर में पड़ा। नवयुवक थे। गौर वर्ण था, गोल मुँह और गोल ही आँखें। हर समय हँसकर बातें करना उनका स्वभाव था। जब मेरे ही सामने उन्होंने उस औरत को 'हुज़ूर' कहकर पुकारा तो उस औरत ने साभिप्राय मेरी ओर ताका। उस ताकने का अभिप्राय यह था देखा, इस तरह बोलना चाहिए।

रियासती व्यवस्था बड़ी विचित्र होती है। अन्तःपुर के उस द्वार पर रात-दिन संगीन का पहरा रहता था। कोई पक्षी भी वहाँ पर नहीं मार सकता था। परन्तु डॉक्टर के लिए रोक न थी। डॉक्टर को देखते ही संतरी बंदूक नीचे करके द्वार छोड़कर हट जाता था और डॉक्टर एक मुस्कान उस पर फेंककर ऊपर चढ़ जाते। कक्ष में अकेली मुहब्बत और राजा साहब। तबीयत दोनों की ख़राब।

सर्दी के दिन थे। राजा साहब सुबह ही से धूप तापने को तिमंज़िली छत पर आरामकुर्सी पर जा पड़ते। वहाँ से वे पान कचरते रहते। तेल की मालिश होती रहती। कभी-कभी सो भी जाते। मुहब्बत बहुत कम ऊपर चढ़ती थी। टाँगों में दर्द था। सीढ़ियाँ नहीं चढ़ सकती थी। राजा साहब प्रायः दिन-दिन-भर छत पर पड़े रहते और मुहब्बत दिन-दिन-भर अपने कमरे में अकेली।

डॉक्टर नित्य आते। पहले देखते मुहब्बत को, फिर ऊपर जाकर राजा साहब को। नीचे उतरकर फिर महुब्बत से बात करते। बात किस ढंग पर, किस मज़मून की होती थी, इसका तीसरा साक्षी था शारदीय वातावरण, एकान्त एकाकी मिलन, वेश्या और वेश्या की पुत्री। राजा बूढ़े, शराबी, सनकी और रोगी तथा ग़ैरहाज़िर। डॉक्टर को प्रवेश की स्वतन्त्रता, एकान्त सहवास की स्वतन्त्रता, और चाहे जब तक भीतर रहने की स्वतन्त्रता; एक चमड़े का हैंडबैग हाथ में ले जाने और ले आने की स्वतन्त्रता। इन सबने घुलमिलकर उस पेशेपंथी डॉक्टर और उस पेशेवर वेश्या को एकसूत्र में बाँध दिया। पहले प्रेमोदय हुआ, फिर प्रेमालाप।

अब दोनों एक थे, पाप और नमकहरामी से भरपूर। निरीह मालिक से विश्वासघात करने को तैयार। कुछ दिन संकेतवार्ता चली। फिर एक दिन खुलकर बातचीत हुई।

डॉक्टर ने कहा—मुहब्बत, इस तरह कब तक चलेगा?

"यही मैं कहती हूँ।"

"तब?"

"चलो कहीं भाग चलें।"

"एक दिन अवसर पाकर मुहब्बत ने कहा—एक बात कहती हूँ।"

"कहो।"

"किसी से कहोगे तो नहीं?"

"नहीं।"

"ज़िन्दा न रहने पाओगे।"

"तो साथ ही मरेंगे। तुम बात-कहो।"

"वह सेफ़ देख रहे हो?"

"देख रहा हूँ।"

"उसमें नोटों के गड्डर भरे पड़े हैं।"

"अच्छा, तुमने देखा?"

"देखा।"

"लेकिन ख़ज़ाना तो नीचे पहरे में है।"

"यह महाराज का प्राइवेट पर्स है।"

"अच्छा, कितना रुपया है?"

"कल गिना था, 5 लाख के नोट हैं।"

"सच।"

"एक मोतियों की माला है, कहते थे एक लाख की है।"

"अच्छा।"

"एक हीरे की कलगी है, डेढ़ लाख की है।"

"अरे।"

"और मुट्ठी-भर जवाहर-हीरे-मोती हैं।"

"भई राजा का घर है, राजा के घर में मोतियों का अकाल?"

"सुनो।"

"क्या?"

"मैं वह सेफ़ खोल सकती हूँ।"

"अरे। किस तरह?"

"एक तरकीब है। मुझे मालूम है।" उसने इधर-उधर देखा। डॉक्टर ने कहा—"क्या चाबी हथिया ली है।"

"नहीं, हरूफ़ उलट-पलट होते हैं। कल राजा साहब ने मुझे बताए।"

डॉक्टर ने अपने को संयत करके कहा—

"मुहब्बत, तुम जानती हो, मैं तुम्हें कितना चाहता हूँ।"

"ख़ूब जानती हूँ।" मुहब्बत ने मुस्कराकर कहा।

"फिर यह दौलत अपनी होनी चाहिए। अभी उम्र बहुत काटनी है और तुम तो बिल्कुल नौजवान हो। इस मुर्दे राजा के पास जैसे कब्र में दफ़ना दी गई। इस दौलत को हथियाकर तो तुम रानी बन सकती हो, सच्ची रानी।"

"ऐसा करना ख़तरे से ख़ाली नहीं है।"

"लेकिन इस दौलत को यहीं छोड़ जाओगी।"

"तो क्या जेल काटूँगी?"

"जेल बेवकूफ़ काटते हैं।"

"मैं पक्की बेवकूफ़ हूँ।"

"लेकिन मैं ज़रा भी बेवकूफ़ नहीं।"

"तो तुम यह दौलत लूट लेना चाहते हो?"

"पहले एक बात बताओ।"

"क्या?"

"इस सेफ़ की बात किसी को मालूम है?"

"सेफ़ को तो सभी ने देखा है।"

"नहीं। रकम।"

"न। किसी को नहीं मालूम।"

"क्या कुँवर साहब को भी नहीं?"

"नहीं। उन्हीं से छिपाकर तो यह रकम और जवाहरात रखे गए हैं।"

"किसलिए?"

"हविश। जवाहरात तो सब रानी साहिबा के हैं।"

"उन्हें मालूम है?"

"नहीं।"

"ठीक कहती हो?"

''परसों स्वयं राजा साहब ने कहा था। इस रकम की कभी किसी के सामने चर्चा भी न करना।''

''और तुम्हें उन्होंने ताला खोलना, बन्द करना भी बता दिया?''

''दो-एक बार देखा, मैं समझ गई।''

''क्या राजा जानता है कि तुम इसे खोल सकती हो?''

''नहीं। मैंने कल ज्यों ही मज़ाक से हाथ लगाया था, सेफ़ खुल गया।''

''तो यह हमारा-तुम्हारा भाग्य है, मुहब्बत; मेरे-तुम्हारे बीच ईमान है। मेरी गंगा, तुम्हारा कुरान।''

''कसम खाओ।''

''खाई भई।''

''कल से चारपाई पर पड़ जाओ, मैं रोज़ आऊँगा, ख़ाली बैग लेकर। और जितना उसमें समा सकेगा, भर ले जाऊँगा, राजा साहब कब ऊपर जाते हैं?''

''चाय-पानी पीकर नौ बजे।''

''मैं दस बजे आऊँगा।''

''लेकिन राजा यदि कभी सेफ़ खोले?''

''हमें सिर्फ एक हफ्ता लगेगा।'

''इसी हफ्ते में यदि बात खुल गई?''

डॉक्टर की आँखों में चमक आई और उसने मुहब्बत का हाथ कसकर पकड़ा और कहा—एक हफ्ते में भी नहीं और उसके बाद भी कभी नहीं। एक काम कर सकोगी?

''क्या?''

''चाय के साथ...'' डॉक्टर की ज़बान लड़खड़ाई। मुहब्बत ने घबराकर कहा—न भई, यह काम मुझसे न हो सकेगा।

''बेवकूफ़ी मत करो, मैं डॉक्टर हूँ, अनाड़ी नहीं। शक-शुबा किसी को न होगा। काम ऐसी सफ़ाई से होगा।''

''अरे बाबा, फाँसी पड़ेगी, फाँसी।'

''क्या बातें करती हो, मुहब्बत। सिर्फ दो कतरे चाय में डाल दो। चाय तो तुम्हीं बनाती हो?''

''हाँ, परन्तु उससे क्या होगा? क्या यह ज़हर है।''

''ज़हर तो है लेकिन राजा इससे मरेंगे नहीं। सिर्फ़ बदहवास हो जाएँगे। उनका दिमाग़ फ़ेल हो जाएगा।''

“इसके बाद?”

“इसके बाद हमारे लिए अवसर-ही-अवसर है।”

चतुर डॉक्टर ने उस औरत को हिम्मत कायम करने का अवसर दिया और तेज़ी-से चल दिया। मुहब्बत एकदम मसनद पर से उठ गई।

राजा साहब यों तो हमेशा ही किसी-न-किसी शाही बीमारी से मुब्तिला रहते थे। कभी सर्दी, कभी ज़ुकाम, कभी कुछ, कभी कुछ। मगर यह तो उनकी तंदुरुस्ती के ही अन्तर्गत था। आज एकाएक उनकी तबीयत में परिवर्तन-सा लगा। वे ऊपर जाकर आराम कुर्सी पर बदहवास से पड़ गए।

डॉक्टर आया। महाराज को बारीकी से देखा और कहा—रात ज्यादा ड्रिंक किया गया प्रतीत होता है। आराम फ़र्माने से कल तक सब ठीक हो जाएगा। उन्होंने राजा साहब के लिए नुसख़ा लिखा और भी हिदायतें लिखीं। राजा साहब ने जैसे नींद से जागकर कहा—मुहब्बत को भी देखते जाइए, कैसी है।

“देखता जाऊँगा, सरकार।”

वे नीचे उतरे। आँखों ही में बातें हुई। मुहब्बत ने कहा—

“हम मारे जाएँगे, डॉक्टर साहब।”

“फ़िक्र मत करो, हिम्मत रखो।”

“लेकिन मैं यह काम नहीं कर सकती। आज यह दवा मैं नहीं दूँगी।”

“तो मैं कहूँगा कि मुहब्बत ने राजा साहब को ज़हर दिया है। जानती हो मैं डॉक्टर हूँ, चाहूँ तो अभी आधे घँटे में हथकड़ियाँ डलवा दूँगा।”

डॉक्टर की आँखों में प्रतिहिंसा व्यक्त हो उठी।

मुहब्बत ने क्रुद्ध होकर कहा—तुम भी नहीं बचोगे डॉक्टर, मैं कहूँगी तुमने ही ज़हर लाकर दिया था।

डॉक्टर ने हँसकर कहा—ऐसा कहते ही यह साबित हो जाएगा कि तुमने ज़हर दिया। अब तुम्हें यह साबित करना रह जाएगा कि डॉक्टर ने दिया। वह तुम कैसे साबित करोगी?

मुहब्बत ने आँखों में आँसू भरकर कहा—डॉक्टर, रहम करो। मैं बदनसीब औरत हूँ।

“तो मैं जो कहता हूँ करो। वह सेफ़ खोलो, जितनी रकम इस बैग में आती है, भर दो। मैं तब तक बाहर देखता हूँ कोई आता तो नहीं। मगर पहले सारी ज्वैलरी बैग में रख दो। डॉक्टर ने बाहर की ओर मुँह फेरा, और मुहब्बत ने काँपते हाथों से सेफ़ को छुआ। लाखों रुपयों की ज्वैलरी और नोट डॉक्टर के बैग में

भरकर अब मुहब्बत ने डॉक्टर के हाथ मैं बैग दिया तो सूखे मुँह से उसकी ओर देखकर कहा—और आप डॉक्टर, मेरे साथ दग़ा न करोगे, सब हज़म न कर जाओगे, इसी का क्या भरोसा है?

एक कुटिल हास्य लाकर डॉक्टर ने कहा—इत्मीनान रखो मुहब्बत हमारी-तुम्हारी मुहब्बत इसके बीच में है। एक प्रकार से बैग उसने झपट लिया। मुहब्बत ने कहा—और गंगा और कुरान?

"हाँ, हाँ वह भी। लो आज की ख़ुराक"—डॉक्टर ने एक छोटी-सी पुड़िया उसकी ठंडी बर्फ़-सी उंगलियों में पकड़ा दी। डॉक्टर चला गया और मुहब्बत मूर्छित-सी होकर ज़मीन पर गिर गई।

राजा साहब की हालत बहुत बदतर हो गई। उनमें सर्वथा ज्ञान का लोप हो गया। बदहवासी में वे अंटशंट बकने लगे। होंठ उनके काले और आँखें लाल हो गईं। अपने दोनों हाथों की उँगलियों से कुछ ताने-बाने से बुनने लगे। खाना-पीना समाप्त हो गया। गर्म पानी में घोलकर मीठी शराब देने से उन्हें कुछ चैतन्य आता था। मुहब्बत और डॉक्टर ने राजा साहब की सेवा में दिन-रात एक कर दिया। रियासत-भर में मुहब्बत एक आदर्श सती स्त्री की भाँति प्रशंसित हो गई—कलिकाल में मुसलमान वेश्या होकर ऐसी सेवा-परायणा स्त्री कहाँ मिल सकती है? और डॉक्टर ने तो सतयुग का उदाहरण उपस्थित कर दिया।

रात-रात भर जब सब नौकर-चाकर, परिजन थक जाते, ये दोनों ही राजा की सेवा में जागते रहते—उन्हें निर्विघ्न-सन्देहरहित मृत्यु के द्वार तक अत्यन्त सफलता में पहुँचाते जाते थे।

सेफ़ ख़ाली हो चुका था। और अब मुमूर्ष रोगी के पास आँखों और इंगितों में इन दोनों व्यक्तियों की जो बातचीत होती उसका मूल विषय होता वह धन जो चुरा लिया गया था और अब डॉक्टर के पेट में पहुँच चुका था। मुहब्बत घबराकर सूखे होंठों से कहती—देखना, दग़ा न करना, तुम्हारे विश्वास पर यह सब किया है। डॉक्टर आँखों में ही जवाब देते—इत्मीनान रखो, सब ठीक हो जाएगा।

परन्तु जब राजा साहब की अवस्था सांघातिक रूप धारण कर गई तो डॉक्टर ने कुँवर साहब से कहा—अब तो मेरे बूते की बात रही नहीं है, किसी बड़े डॉक्टर की सहायता की आवश्यकता है। कल न जाने क्या हो जाए तो मेरा मुँह काला होगा। मैं तो जो करनी थी, कर चुका।

भला डॉक्टर की सेवा में सन्देह किसे था?

राजा साहब को सदर शहर में अस्पताल ले जाया गया। वहाँ अनेक धुरंधर

डॉक्टर उनकी देखभाल करने लगे। परन्तु रोग का कारण किसी की समझ में नहीं आ रहा था। रोग बढ़ता जा रहा था। और अब राजा साहब की किसी भी क्षण बेहोशी की हालत में मृत्यु हो सकती थी। काशी की पंडित-मंडली शिव मन्दिर में नवार्णव के सम्पुट से मृत्युंजय मन्त्र का पाठ कर रही थी। देश-देश के ज्योतिषी क्षण-क्षण पर क्रूर ग्रहों की गतिविधि देख रहे थे। गतिविधि ठीक-ठीक नहीं देखी जा सकी थी तो केवल डॉक्टर और मुहब्बत की, जो इस निर्मम हत्या, विश्वासघात और उनके प्रधान अभियुक्त थे।

डॉक्टर हताश हुए तो एक दिन पश्चात् कुँवर साहब ने मेरा ध्यान किया। ज़रा-सी ही बात पर राजा साहब मुझे बुला भेजते थे। अब इतना बड़ा कांड हो गया और मुझे नहीं बुलाया गया। कुँवर साहब के प्रस्ताव का डॉक्टर और मुहब्बत दोनों ने ही विरोध किया। डॉक्टर ने कहा—इतने बड़े चिकित्सक हार बैठे, वे आकर अब क्या करेंगे? कुँवर साहब ने कहा—माना कुछ न करेंगे। होनहार होकर रहेगा। पर अपने मित्र को देख तो लेंगे। मुझे सूचना भेज दी गई।

आकर देखा, अभागा राजा बिछौने पर असहायावस्था में पड़ा है। आँखें आधी बन्द। आक्सीजन गैस से श्वास लेता हुआ दोनों हाथों की उँगलियाँ जैसे किसी सूत के धागे को लपेट रही थीं। आँखों का रंग लाल अंगारा, टेम्प्रेचर बिल्कुल नहीं, गुर्दों का काम बन्द, दिल की धड़कन किसी भी क्षण धोखा देने वाली।

सब कुछ देखकर मैं आश्चर्यचकित रह गया। और जब मैंने सुना कि पूरे ग्यारह दिन से ऐसा है तब तो मेरा मन सन्देह और आशंकाओं से भर गया।

हर दूसरे घंटे पर डॉक्टर रोगी को सम्भाल रहे थे। मेरी अवाई सुनते ही वे दौड़े आए और शुरू से आख़िर तक रोग का इतिहास सुनाने लगे। एक-दो सम्बन्धी राजा उपस्थित थे। बहुएँ, पुत्र, परिजन सभी थे। डॉक्टर रोग-विवरण सुना रहा था। बीच-बीच में अनावश्यक हास उनके होंठों पर आ जाता था। मेरा सन्देह निश्चय में बदल रहा था। बीच में रोककर मैंने पूछा—ठहरिए, टेम्प्रेचर-चार्ट कहाँ है, देखूँ?

डॉक्टर का मुँह सूख गया। उसने कहा—टेम्प्रेचर-चार्ट तो हमने बनाया ही नहीं।

"क्यों?" मैंने खूब कड़ाई से प्रश्न किया।

डॉक्टर ने हकलाते हुए कहा—टेम्प्रेचर राइज़ ही नहीं हुआ।

"तो बिना ही टेम्प्रेचर के ये डिलीरियम के साघांतिक आसार उत्पन्न हो गए?"

"जी हाँ, जी हाँ",–डॉक्टर ने थूक सटककर हँसने की कोशिश की।

मैंने कहा–और आपने इधर ध्यान नहीं दिया?

"दिया साहब, मैंने...."

मैं संयत न रह सका। गरजकर मैंने कहा–डॉक्टर, यह सरासर ख़ून का केस है, मुझे मुनासिब है कि पुलिस को इत्तला दूँ। मैं तेज़ी-से कुर्सी छोड़कर उठ खड़ा हुआ। मुहब्बत चीख़ मारकर बेहोश हो गई। डॉक्टर मुर्दे की भाँति ज़र्द पड़ गया। जूड़ीग्रस्त पुरुष की भाँति वह काँपने लगा।

इसी समय राजा ने आँखें खोलीं। उनकी वह दृष्टि स्वाभाविक थी। मैं लपककर उनके पास गया। दोनों हाथों में उनका हाथ लेकर कहा–महाराज, साहस मत खोइए, आपकी जो इच्छा हो, कहिए। उन्होंने इधर-उधर आँखें घुमाईं। क्षीण स्वर में कहा–बड़े...

तुरन्त ही बड़े कुँवर ने उनकी गोद में सिर डाल दिया। राजा की आँखों से आँसुओं की धारा बह चली। मैंने नाड़ी, दिल की धड़कन देखी। भीड़ को तुरन्त हटाया। राजा साहब ने मुँह खोल दिया। मैंने कहा–गंगाजल दीजिए। दो तुलसीदल डालकार एक घूँट गंगाजल उनके मुँह में डाल दिया गया। जल कण्ठ में गया और प्राण नश्वर शरीर से पृथक् हुए।

उस रियासत में मेरा काम और मेरे सम्बन्ध सब समाप्त हो चुके थे। फिर भी जिस दिन नए राजा को पगड़ी बँधी मुझे हाज़िर होना पड़ा। नए राजा नवयुवक, भावुक और दुबले-पतले लजीले से थे। सब कृत्य समाप्त होने पर जब मैं एकान्त में मिला तो बातें हुईं। मैंने कहा–

"उस मामले में आपने कुछ किया?"

"क्या आपको कुछ मालूम था?"

"मैं निश्चित रूप से सिद्ध कर सकता हूँ कि यह अत्यन्त सावधानी पूर्वक किया गया ख़ून था।"

"परन्तु किसी भी डॉक्टर ने ऐसा नहीं कहा?"

"कैसे कहा जा सकता था, ख़ूनी डॉक्टर है। सब कार्य बहुत वैज्ञानिक रीति से हुआ। सन्देह की कोई भी गुंजाइश न थी। मुझे तो केवल एक सूत्र मिल गया, नहीं तो मैं भी न जान सकता।"

"पर अब तो उन्होंने सब कुछ बता दिया है।" उनका मतलब मुहब्बत से था।

"सब कुछ?"

“जी, डाके का हाल आप सुन चुके होंगे?”

“नहीं तो, डाका कैसा?”

इस पर नए राजा ने सारा विवरण बताया। मुहब्बत ने राई-रत्ती सब बता दिया था।

मैंने कहा—आपने मामला पुलिस में नहीं दिया?

“कैसे दे सकता था, वे वेश्या अवश्य हैं पर मेरे पिता ने उन्हें मेरी माता के स्थान पर रखा था। उनके विरुद्ध कुछ भी करना मेरे लिए अशक्य था। यह मेरे ख़ानदान की प्रतिष्ठा और मर्यादा का प्रश्न था।”

“किन्तु दस लाख का डाका और राजपुरुष की जान”—मैंने धीरे-से कहा।

युवक राजा ने आँखों की कोर से आँसू पोंछा। बहुत देर हम चुप बैठे रहे। फिर मैंने कहा—रुपया मिलने की कुछ उम्मीद है?

“नहीं।”

“सब क्या डॉक्टर लूट ले गया? मुहब्बत को कुछ नहीं दिया?”

“नहीं।”

“डॉक्टर कहाँ है?”

“छुट्टी ली है, शायद तबादला भी करा रहा है।”

“और मुहब्बत?”

“वे यहीं हैं।”

“क्या मैं मिल सकता हूँ?”

नए राजा ने देखकर कहा—क्षमा कीजिए। वे बाहर नहीं आती हैं। महल में हैं। युवक राजा की शालीनता अद्‌भुत थी। मैंने कहा—राजा मर गया, आप चिरंजीव रहें।

और मैं उठकर चला गया।

राजा साहब की कुतिया

यह भी ऐसी ही कहानी है। राजा-रईसों की सनक, भड़क और हिमायत का अच्छा दिग्दर्शन इस कहानी में है।

जी हाँ, हिन्दुस्तान की आज़ादी और मेरी बर्बादी एक ही साथ हुई। संयोग की बात है—बस, एक ज़रा-सी चूक ने तकदीर का बेड़ा ग़र्क कर दिया। अब आप जब सुनने पर आमादा हैं तो पूरा किस्सा ही सुन लीजिए।

आप तो जानते ही हैं कि एल-एल. बी.पास करके पूरे तीन साल अदालत की धूल फाँकी। किसी भी बात की कोर-कसर नहीं रक्खी। चालाक से चालाक मुंशी रक्खे, बीवी के सारे ज़ेवर बेच-बेचकर मोटी-मोटी कानून की किताबें ख़रीदीं। बढ़िया-से-बढ़िया सूट सिलवाए। हमेशा बड़े वकीलों का ठाठ रक्खा, पर कम्बख़्त वकालत को न चलना था—न चली। जी हाँ, कमाल ही हो गया। ठीक वक्त पर कचहरी जाता। हर अदालत में चक्कर काटता। एक-एक मुवक्किल को ताकता, भाँपता। एक-एक कानूनी पाइंट पर दस-दस नज़ीरें पेश करता, मगर बेकार। मुवक्किल थे कि दूर ही से कतरा जाते। एक से बढ़कर एक नामाकूल-घनचक्कर घिसे-घिसाए वकील तो मज़े-मज़े जेब गर्म करके मूँछों पर ताव देते घर लौटते, और बंदा छूछे हाथ आता। ये सब तकदीर के खेल हैं, साहब, दुनिया में लियाकत की कद्र ही नहीं है। अंधी दुनिया है, भेड़ियाधसान है। बस तकदीर जिसकी सीधी उसी के पौबारह हैं। अन्त के तन्त मैं वकालत को धता बता राजा साहब का प्राइवेट सेक्रेटरी हो गया।

जी हाँ, कह तो रहा हूँ—प्राइवेट सेक्रेटरी। यकीन कीजिए। मैं आपको एम्प्लायमेंट-लेटर भी दिखा सकता हूँ। अर्ज़ करता हूँ कि पूरे सात महीने और सत्ताईस दिन वह चैन की बंसी बजाई कि जिसका नाम! यानी महीने में पूरी तनख़्वाह, बढ़िया खाना, कोठी-बंगला। पान, सिग्रेट-सिनेमा और दोस्त-मेहमानों

का ख़र्चा फोकट में। बस ज़रा-सी चूक ने सब चौपट कर दिया।

मिस ज़ुबेदा? जी हाँ, यही नाम था उसका। राजा साहब ने मुझे ज़ुबेदा ही की नौकरी पर बहाल किया था। बस समझ लीजिए—ज़ुबेदा का ट्यूटर, गार्जियन, प्राइवेट सेक्रेटरी सब कुछ मैं ही था। राजा साहब उसे बेहद प्यार करते थे। जब मुझे नौकरी पर बहाल किया तो उन्होंने कहा था—बरख़ुरदार, ज़ुबेदा को तुम्हारी निगरानी में सौंपकर मैं बेफ़िक्र हुआ। लेकिन ख़बरदार, तुम एक लम्हे के लिए भी बेफ़िक्र न होना। नज़र कड़ी रखना और दिल नर्म। ज़ुबेदा कमसिन है, बेसमझ है—मिज़ाज उसका नाज़ुक है। वह बहुत ऊँचे ख़ानदान की औलाद है, ऐसा न हो आवारा हो जाए, या उसकी आदतें बिगड़ जाएँ। ज़ुबेदा मुझसे जल्द हिल-मिल गई। और मैं भी उसे प्यार करने लगा। बस, मैं अपनी नौकरी पर खुश था। और नौकरी मेरी रास पर चढ़ गई थी। राजा साहब ज़िद्दी और झक्की परले सिरे के थे। पुराने ज़माने के ख़ानदानी रईस थे। हमेशा कर्ज़े से लदे रहते, फिर भी सभी तरह की लन्तरानियाँ लगी ही रहती थीं। कर्ज़ा और लन्तरानियाँ साथ-साथ न चलें तो रईस ही क्या? उम्र साठ को पार कर गई थी। भारी-भरकम तीन मन का शरीर, बड़ा रुआबदार चेहरा, शेर की दहाड़ जैसी आवाज़, लाल-लाल आँखें। किसकी मजाल थी कि उनकी आँखों-से-आँखें मिलाए। बात-बात में शान। पीते भी ख़ूब थे, मगर अकेले। किसी को साथ बैठाना शान के ख़िलाफ़ समझते थे। तीन-चार पैग चढ़ाने के बाद जब सवारी गठ जाती तब उनकी दहाड़ से कोठी दहलने लगती थी। उस समय ज़ुबेदा को छोड़कर और किसी की मजाल न थी जो उनके पास फटके।

गर्मी की मुसीबत से बचने के लिए राजा साहब मसूरी की अपनी कोठी में मुकीम थे। बहुत भारी कोठी थी। सुबह का वक्त था। रात बूँदाबाँदी हुई थी। ठंडी हवा चल रही थी। मौसम सुहावना था। और राजा साहब खुश थे। वे हाथ में एक पतली छड़ी लिए कमरे में टहल रहे थे। एक ख़िदमतगार पानदान और दूसरा उगालदान लिए अगल-बगल चल रहे थे। दो लठैत पीछे। क्षण-भर पान खाना और उगालदान में पीक डालना उनकी आदत थी। ज़ुबेदा उनके साथ थी और उसकी अर्दली में अपनी ड्यूटी पर मुस्तैद मैं भी हाज़िर था। ज़ुबेदा चुहल करती, कभी आगे कभी पीछे चक्करी खाती चली जा रही थी। राजा साहब देखकर खुश हो रहे थे। सच पूछिए तो ज़ुबेदा को वे जान से बढ़कर चाहते थे।

असल में ज़ुबेदा एक बहुत की उम्दा नस्ल की नाज़ुक विलायती कुतिया थी और राजा साहब ने गत वर्ष उसे मसूरी ही में पन्द्रह सौ रुपयों में ख़रीदा था।

अभी फाटक मुश्किल से कोई चालीस-पचास कदम था कि एक बुलडाग फाटक में घुस आया। उसे देखते ही ज़ुबेदा बेतहाशा उसकी ओर भाग चली। राजा साहब एकदम बौखला उठे। वे पागल की तरह, 'पकड़ो-पकड़ो' चिल्लाते उसके पीछे भागे। उनके पीछे ज़ुबेदा का प्राइवेट सेक्रेटरी मैं, और मेरे साथ लठैत, ख़िदमतगार अगल-बगल। जिनकी राजा साहब पर नज़र पड़ी और जिसने उनकी ललकार सुनी, भाग चला। कोठी में हड़बोंग मच गया।

फाटक पर जाकर राजा साहब हाँफते-हाँफते बदहवास होकर गिर गए। और हम लोगों को मीलों का चक्कर लगाना पड़ा। ख़ुदा की मार इस ज़ुबेदा की बच्ची पर। भागते-भागते कलेजा मुँह को आने लगा। पतलून चौपट हो गई। नया जूता बर्बाद हो गया। आख़िर ज़ुबेदा और जिम दोनों पकड़े गए। और उन्हें ख़ूब मुस्तैदी से बाँध दिया गया।

ख़ुशखबरी सुनाने जब मैं राजा साहब के कमरे में पहुँचा तो वे बिफरे हुए शेर की तरह दहाड़ रहे थे—सब ख़िदमतगार, लठैत, नौकर हाथ बाँधे चुप खड़े थे। राजा साहब कह रहे थे—सबको गोली से उड़ा दूँगा। नामाकूल। मर्दूद। मेरे पहुँचने पर वे लाल-लाल आँखों से मुझे घूरने लगे। मैंने डरते-डरते हाथ जोड़कर कहा—सरकार, दोनों को पकड़ लिया है।

"बाँधा उनको?"

"जी हुज़ूर।"

"अलग-अलग?"

"यही मुनासिब सज़ा है, लेकिन उस आवारा कुत्ते की जुर्रत तो देखो। मुझे हैरत है। क्या तुम ज़ुबेदा की ख़ानदानी इज्ज़त जानते हो?"

मैंने कहा—जी हाँ, हुज़ूर ने उसे पन्द्रह सौ रुपये में ख़रीद लिया था।

"बेहूदा बकते हो, ख़रीद लिया क्या माने? पन्द्रह सौ रुपया क्या ज़ुबेदा की कीमत हो सकती है?"

"जी नहीं सरकार।"

"तो फिर?" राजा साहब ने आँखें तरेरकर मेरी ओर देखा।

इस 'तो फिर' का क्या जवाब दूँ, यह समझ ही न सका। हाथ बाँधे खड़ा रहा। इसी समय एक ख़िदमतगार घबराया हुआ दौड़ता आया। आकर उसने राजा साहब से कहा—सरकार, माधोगंज की कोठी का प्यादा हाथ में लट्ठ लिए फाटक पर खड़ा है। वह कहता है—ख़ैरियत इसी में है कि 'जिम' को खोल दीजिए, वरना हंगामा मच जाएगा।

राजा साहब ने तैश में आकर कहा—ऐसा नहीं हो सकता। माधोगंज वालों से जो करते बने करें।

लेकिन माधोगंज की कोठी का प्यादा ख़ुद ही भीतर घुस आया। उसने खूब झुककर राजा साहब को सलाम किया और हाथ बाँधकर अर्ज़ की—हुज़ूर। ख़ुद बड़े सरकार ने मुझे भेजा है, उन्हें बहुत रंज है। लेकिन सरकार अब हुक्म हो जाए कि कुत्ता खोलकर मेरे हवाले कर दिया जाए। बड़े सरकार बड़े गुस्सैल हैं, धुन पर चढ़ गए तो नाहक कोई ख़ून हो जाएगा।

राजा साहब गरज पड़े—क्या कहा, ख़ून हो जाएगा? बढ़कर बोलता है। नामाकूल, मर्दूद। अच्छा ले। यह कहकर उन्होंने ख़ूब चिल्लाकर अपने लठैतों को पुकारा—माधो, दीपा, रामू, गुल्लू, किसना।

परन्तु लठैतों के स्थान पर आ खड़े हुए माधोगंज के राजा साहब राजधारीसिंह। साठ साल की उम्र, लम्बा कद, हाथ में बढ़िया छड़ी, बदन पर पूरी रियासती पोशाक। उन्होंने एकदम राजा साहब के सामने पहुँचकर कहा—यह आपकी सरासर ज्यादती है राजा साहब, कि आप अपने नौकरों की बेजा हरकत पर उन्हें शह देते हैं। आपका लिहाज़ करता हूँ—वरना एक-एक की खाल खिंचवा लूँ। बहुत हुआ, अब जिम को मेरे हवाले कीजिए।

राजा साहब ने बुलडाग की भाँति गुर्राकर कहा—क्या ख़ूब। यह दम-ख़म और शान? आप मेरे आदमियों की खाल खींच लेंगे। गोया आप ही उनके मालिक हैं। चोरी और सीना-ज़ोरी।

“लेकिन चोरी की किसने?”

“जिम ने। ट्रेसपास, एकदम क्रिमिनल ट्रेसपास।”

“आप ज्यादती कर रहे हैं राजा साहब। इसका नतीजा अच्छा न होगा। याद रखिए, ख़ूनख़राबी की नौबत आई तो इसके ज़िम्मेदार आप ही होंगे।”

“तो आप हमें धमकी दे रहे है? सरीहन वह अवारा कुत्ता कोठी में घुस आया और मेरी ज़ुबेदा को भगा ले गया। इस ज़ुल्म को तो देखिए।”

“कमाल करते हैं आप राजा साहब। जिसको आप अवारा कहते हैं, क्या आप नहीं जानते कि बहुत मुद्दत की खोज के बाद जिम को मैंने जनाब गवर्नर साहब बहादुर से सौगात में पाया था?”

“क्यों नहीं, जनाब गवर्नर साहब से तो आपकी पुश्तैनी रसाई है। जाइए, कुत्ता नहीं खोला जाएगा।”

“अच्छी नादिरशाही है। यह आप हमारी ख़ानदानी तौहीन कर रहे हैं।”

''ख़ूब-ख़ूब, गोया आप भी ख़ानदानी रईस हैं। दो दिन की ज़मींदारी को चोरी-चकारी से बढ़ाकर और बनियागिरी से चार पैसे जोड़ लिए सो आप हो गए ख़ानदानी रईस। कमाल हो गया। और हम जो बहादुरशाह के ज़माने से रईस न चले आ रहे हैं, सो? आपका कुत्ता हमारी खानदानी कुतिया से आशनाई करेगा। ऐं यह हिमाक़त।''

''रस्सी जल गई ऐंठन बाक़ी है। बाल-बाल तो कर्ज़ में बिंधे पड़े हैं, आप ख़ानदानी रईस बनते हैं। राजा साहब, होश की लीजिए, चोरी और डाकेबाज़ी के जुर्म में सारे ख़ानदान को न बंधवा लूँ तो रामधारी नाम नहीं। आप हैं किस फेर में?''

''आख्खा, तो यह भी देख लिया जाएगा। कर देखिए आप। नया रुपया है, उछलेगा तो ज़रूर ही। लेकिन मैं कहे देता हूँ, लंदन से बैरिस्टर बुलाऊँगा, लन्दन से। भोपाल गंज रियासत की भले ही एक-एक ईंट बिक जाए। परवाह नहीं।''

''तो यहाँ भी कौन परवाह करता है। मैं खड़े-खड़े माधोगंज की ज़मींदारी को बेच दूँगा और वाशिंगटन से कौंसिल बुलाऊँगा।''

''देखा जाएगा, गवर्नर साहब बहादुर की दोस्ती पर न फूलिएगा। शहादतें दूँगा। पता चल जाएगा कोर्ट में।''

''देख लूँगा, किसके धड़ पर दो सिर हैं! कौन शहादत देने आता है।''

''तो तुम पर तीन हरफ हैं, जो करनी में कसर रक्खो।''

''राजा साहब, लोथें बिछ जाएँगी, लोथें।''

''खून की नहरें बहा दूँगा, नहरें, समझ क्या रखा है आपने?''

दोनों पुराने रईस अपने-अपने दिल के फफोले फोड़ रहे थे। और हम लोग सिर नीचा किए ख़ानदानी रईसों की ख़ानदानी लड़ाई देख रहे थे। जी हाँ, रईसों की बात ही निराली है। इसी समय कुँवर साहब लपकते हुए चले आए।

हल्के नीले रंग का बुश कोट, आँखों पर गहरा काला चश्मा, हाथ में टेनिस का रैकट, गोरा रंग, घूँघर वाले बाल, होंठों पर मुस्कान, इसी साल एम.ए. फाइनल किया था। कुँवर साहब ने राजा माधोगंज को देखा तो उन्होंने हँसकर उन्हें प्रणाम किया, और कहा—कमाल किया आपने चाचाजी, धूप में तकलीफ़ की, चलिए मैं 'जिम' को आपके यहाँ पहुँचाए आता हूँ।

राजा साहब ने एकदम ग़ुस्सा करके कहा—अयं, यह कैसी हिमाकत? अपने ख़ानदान को नहीं देखते, कुत्ता उनके घर पहुँचाने जाओगे?

माधोगंज के राजा साहब ने जाते-जाते कहा—

"हौंसला हो तो आ जाना अदालत में।"

"लंदन से बैरिस्टर बुलाऊँगा—आपने समझ क्या रखा है?"

"तो मुकाबले के लिए वाशिंगटन के वकील तैयार रहेंगे।"

इसी समय एक ख़िदमतगार रोता-हाँपता सिर के बाल नोंचता आ खड़ा हुआ। उसने कहा—ग़ज़ब हो गया सरकार, ज़ुबेदा, उस जंगली जिम के साथ भाग गई।

"अयं, भाग गई?"

राजा साहब बौखलाकर अपनी तोंद पीटने और हाय-हाय करने लगे। लम्बी-लम्बी साँसें खींचते हुए उन्होंने कहा—

"मेरी ख़ानदानी इज़्ज़त लुट गई। कम्बख़्त ज़ुबेदा की बच्ची ने न अपने ख़ानदान का ख्याल किया न मेरे आली ख़ानदान का। दोनों की लुटिया डुबोई।"

"बहुत देर तक राजा साहब कलपते रहे। इसके बाद मेरी ओर देखकर कहा—

"निकल जाओ। अभी चले जाओ—नामाकूल, मर्दूद।"

और इस तरह खट से मेरा पतंग कट गया। इज़्ज़त और आराम की नौकरी छूट गई। अब सिर्फ़ याद रह गए वे सात महीने और सत्ताइस दिन।

अब कहाँ रहे वे ख़ानदानी रईस। अंग्रेज़ बहादुर हिन्दुस्तान से क्या गए, शौकीन राजाओं और शानदार रईसों की नस्ल ही ख़त्म कर गए। भारत के भाग्य तो ज़रूर जागे—पर विलायती कुत्तों की और हम जैसे विलायती पढ़े-पिट्ठुओं की तकदीर तो फूटी और फिर फूटी!

❑❑❑

www.ingramcontent.com/pod-product-compliance
Ingram Content Group UK Ltd.
Pitfield, Milton Keynes, MK11 3LW, UK
UKHW040042200726
13854UKWH00001B/500

9 789350 640524